# レイチェル母さん

本馬英治

Little More

# レイチェル母さん

絵　阿部海太

四月になったというのに寒い日がつづいていた。曇《くも》りがちで、まるで季節は冬のまま。カレンダーだけがめくられてしまったようだった。

ぼくたちは進級して三階にある六年生の教室に移ったばかりだった。半ズボンを穿《は》いている子が少ないのは寒さのせいだけではない。ぼくたちは少しずつ変わっていく。

黒板の上の壁《かべ》には、みんなで決めさせられたクラス目標「一致《いっち》団結」と書かれた紙が貼《は》られてある。ぼくは窓から景色をぼんやりと眺《なが》めていた。

町の空気はいつも茶色っぽくくすんで見える。校庭の向こうはなんの変哲《へんてつ》もない住宅街だ。高層ビルも、工場も、大きな道路もない。

開いている教科書やノートはすぐにざらついてくる。毎日ダンプカーが町に運んでくる土のせいだ。いちいち手で土埃《つちぼこり》を払《はら》わなければならない。

黒板の前では高松《たかまつ》が算数の図形問題を解いていた。高松は担任の杉内《すぎうち》先生に贔屓《ひいき》されているけれど、本人はそれを嫌《いや》がっていて、本当は解ける問題でもときどき、わざと解き方を間違《まちが》えたりする。

どうやらきちんと解いているらしかった。ぼくはその問題の解き方はわからなかったけれど、杉内先生の様子を見ているとわかった。正解している時はひたすら何度も頷《うなず》く。機《き》嫌《げん》もいい。

解答を終えた高松がチョークを置いた。すかさず杉内先生は黒板の前に立ち、「よくできました」と言いながらピンク色のチョークで大きなマルを書いた。そして、「おいネジ、窓の外なんか見ていても問題は解けないぞ」と付け加えた。教室のみんなが笑った。

ネジとはぼくのことだ。根津路矢《ねづみちや》の名字をもじっている。杉内先生は五年生の時からぼくのことを「頭のネジが一本足りない」と言って、そう呼ぶようになった。先生は授業がスムーズに進みすぎるとぼくのところでオチをつけようとする。ぼくは大抵《たいてい》どう応《こた》えたらいいかもわからなくて曖昧《あいまい》に頷く。すると教室に笑いが起こるのだ。

杉内先生はもともと優《やさ》しすぎるくらいの先生だったのに、前に受け持ったクラスを学級崩壊《ほうかい》させてからまるで人が変わってしまった。しばらく休職した後で復帰してきたら、目つきが違うし、話し方まで違った。

「高松とネジはきっといいコンビになれるな」杉内先生は言った。

もう何度も同じことを言われていた。杉内先生は高松とぼくを利用しているだけだ。高松とぼくは友達ではない。向こうは日向で、ぼくは日陰《ひかげ》。居る場所が違う。

高松は黒板の前から自分の席に戻《もど》る時にちらりとぼくを見た。目が合っても微笑《ほほえ》みもしない。秀才《しゅうさい》だけれど、何かが欠けているような印象がある。高松が音を立てて椅子《いす》を引き、席に着くのを見てから、ぼくはまたぼんやりと窓の外を眺めた。

すぐに後ろの席の右田《みぎた》が背中を突《つつ》いてきて、「昨日《きのう》、幽霊見《ゆうれいみ》たぞ」と囁《ささや》いた。振《ふ》り向くと、「白い服を着てふわふわ浮《う》いているみたいに歩いてた。きっと『丘《おか》の幽霊屋敷《やしき》』から出て来たんだ」と教えた。

丘の幽霊屋敷というのは、ぼくたちの町にあるミステリースポットのことだ。ずいぶん古い洋館でもう何十年も誰《だれ》も住んでいない。呪《のろ》われていて取り壊《こわ》そうとすると関係者に不幸が起こるという。だから、今もそのままのかたちで残されていた。右田とぼくはときどきそこへ行くけれど、みんなは普通《ふつう》あまり行かない場所だ。

「で、写真は撮《と》れたの?」ぼくは振り向いたまま小声で訊《き》いた。

右田は過去に鎧《よろい》を着た武士の心霊《しんれい》写真を撮って来たことがあって、それは全校生徒の話題になった。以来、オカルトネタは右田ということになっていた。

後ろを向いているぼくの背中に勢いよく何かが当った。前を向くと机の上にチョークの破片があった。

「いい加減にしろ。お前らまた無駄話《むだばなし》か。後ろに立っていろ」杉内先生が強い口調で言った。

一度家に帰ってカバンを置いてから、公園で右田と待ち合わせて、丘へ向かった。ふたりともまだ冬物の上着を着ていた。色白で痩《や》せている右田は年中寒そうに見える。自慢《じまん》のカメラを持って来ていた。誕生日におじいさんにねだって買って貰《もら》ったものだ。

「心霊写真しか撮らないんだよね」

「そのためのカメラだからな。なかなか写ってくれないけど」

鎧姿の武士を撮って来た時は学校中のヒーローだった。右田の人生であんなに注目されたことは、たぶんあの時くらいだろう。心霊写真を撮ることにここまで熱心なのも、きっとあの栄光をもう一度、という気持ちがあるのだ。

ぼくもオカルト話は好きだ。そのことを知っている右田は、何かというとぼくを誘《さそ》う。幽霊屋敷はもちろん、ふたりで墓地へ行ったり、事故があった現場へ行ったり。そんなぼくたちがよく話題にするのは、世界の終わりについてだった。これまでに地球上で世界は二度終わっているらしい。今のぼくたちの世界は三度目の世界で、それもすでに終わり始めているというのだった。

「本当に怖《こわ》いよな。おれまだ死にたくない」右田は言った。

「どうしても止められないのかな」

「人間が変わらないとダメらしいよ。もっと宇宙的な存在にならないと」

「宇宙人みたいになるっていうこと?」

「わからない。とにかく新たな次元へ進化しないとダメらしい」

右田によれば世界の終わりは人間のせいで起こるらしかった。ぼくも、それはわかる気がした。人間というのは想像力があるから、一度想像してしまうと、実際に形にしてみたくなったり、見てみたくなったり、味わってみたくなる。そうやって現実をめまぐるしく作り変えてしまう。

「世界は終わらないってみんなが想像したら、世界は終わらないかもしれないよね」ぼくは言ってみた。

「どうかな。だいたいさ、おれはもう世界が終わらないなんて信じられないかもしれない」

「終わるのが怖いくせに？　それって絶望しているっていうこと？」

「いや、そうじゃないけど。なんて言うか、なんにでも終わりがあるのかなって。終わりがあるからやっていけるって思うこともよくあるし」

そんなものだろうか。ぼくは世界が終わらないと信じたい。でも、右田の言うこともなんとなくわかる。世界が終わるのは怖くて仕方ないくせに、どこかで終わるのを待っている自分もいるような気がする。

「世界が終わるって人類のほとんどが思ってしまったら、きっと終わるよ。だけど、そんな終わり方って寂《さび》しいよね」ぼくは言った。

「うん。でもさ、案外みんなそう思ってるんじゃないかな。特に大人なんかはさ。世界が終わるなんて口に出せないだけで。だからその反対の明るい未来なんて言うんだよ」右田はときどき直感的に鋭《するど》いことを言う。新しく作られたばかりの町のスローガンは「より豊かで明るい未来へ」だった。

みんなが世界の終わりを思っているなんて、そんな世界は恐《おそ》ろしい。みんなまだ生きているくせに、死んでいる時間を生きているようなものだ。それは幽霊の世界と変わらない。ぼくは、やっぱり世界が終わるなんて絶対に嫌だから、なんとかして救われる道を見つけたい。

「新たな次元へ進化するしかないよ」右田はさっきの台詞《せりふ》をもう一度繰《く》り返した。

「どうやったら進化できるのかふたりで研究しようよ」ぼくが言うと、右田は「そうだな」と同意した。ぼくたちオカルト好きの長所は、非現実的なことも、非科学的なことも、素《す》直《なお》に信じて受け入れることができるという部分かもしれない。

丘の急な坂道は、あちこちから地下水が染《し》み出していて、いつも路面を濡《ぬ》らしていた。苔《こけ》の一種なのか、軟体《なんたい》動物のようなぶよぶよとした緑色の大きなかたまりが道路脇《わき》にはびこっている。

「いつ来ても気持ち悪い所だよね」ぼくが言うと、「霊気《れいき》が漂《ただよ》っているからな」右田が教えた。皮膚《ひふ》感覚でそういうのがわかるらしい。ぼくよりは多少、新たな次元へ進化しているのかもしれない。

「でもおれ、霊気は読めるけど、教室の空気は読めない」色白の顔が情けなく笑った。

「それはぼくも同じだよ」

「おれたち、どうしてそうなんだろう」

「本当にね」

そんな話をしていると、こういうみんながあまり来ない場所に来ている自分たちのことが、なんとなくわかった。

長い坂の途中に大きなカーブがある。そこを曲がりきると沿道の雑木林に脇道がある。石の門柱と鉄条網《てつじょうもう》の巻かれた鉄製の門扉《もんぴ》があって、立ち入り禁止の看板が立てられている。幽霊屋敷の入り口だ。雑木林をまるごと敷地《しきち》にしている。かつては有力者の別荘《べっそう》だったらしく、スケールが違う。鉄条網が切れている箇所があって、ぼくたちはそこから門扉を乗り越《こ》えて敷地へ侵入《しんにゅう》する。

雑木林にある薄暗《うすぐら》くて不気味な小径《こみち》をしばらく歩く。すると煉瓦造《れんがづく》り二階建ての洋館が姿を現す。建てられてから百年近く経《た》っていて、その当時、主《あるじ》の娘《むすめ》がここで自殺したという。その呪いのせいで今も建物を壊すことができない。

長く手が入っていないわりに建物は老朽化《ろうきゅうか》もしていない。そこがぼくたちには不思議で、「この世界と別世界とをつなぐ異次元スポットのような場所なのではないか」とか、「幽霊たちが自由に出入りする社交場のような所なのではないか」など、屋敷が朽《く》ちていないことを、ただの呪いで片付けるのではなくて、そんな風に理由付けしていた。実際、屋敷には、老人、大人、子供、外国人など、さまざまな幽霊の目撃《もくげき》証言があった。そういう心霊スポットというのも、ぼくが知る限り珍《めずら》しかった。

敷地の南端《なんたん》からは町を見下ろすことができる。遠くに海が見える。

右田は雑草で荒《あ》れ果てた庭に立ち、カメラを建物に向けた。武士の霊を写し出したカメラは、久しぶりに何かを捉《とら》えてくれるだろうか。

「ここから向こうの世界に出入りしているはずなんだ。かなりはっきりと見えたからさ。たぶん、根津にも見えると思うよ」右田は自分が見たという女の幽霊のことを言った。

ぼくは霊を見たことがなかった。感じたことさえもない。急に怖くなってきてしまった。鳥肌《とりはだ》が立つのがわかった。いまにもその女の幽霊が姿を現しそうな気がしてきた。

右田は動揺《どうよう》するぼくとは対照的に、落ち着いて何枚か写真を撮ると「いないな」と、さっさと諦《あきら》めてカメラをしまった。

「ゲームでもしに行こうか」ぼくたち行きつけの駄菓子屋《だがしや》へ寄ろうと誘う。すごく古いメダルゲーム機があってけっこう和む。ぼくは鳥肌のまま「そうしようよ」と応えた。

「じゃあ撤退《てったい》だ」右田がそう言った時、屋敷の裏のほうから草むらのざわつきが聞こえた。

「なんだ」

「わからない」

ぼくたちは、その場に立ち尽《つ》くして様子を窺《うかが》った。

屋敷の陰《かげ》から姿を見せたのは子供だった。

「あれ、高松か?」右田が驚《おどろ》きの声を上げた。

本当に高松だった。長靴《ながぐつ》を履《は》いて大きなスコップを持っている。

「何してるの? こんな所で」ぼくも思わず声をかけた。

高松は、ぼくと右田のことを見たけれど、教室にいる時と同じようにまるで目にも入っていないようだった。ぼくたちに近づくこともなく、そのまま敷地から出て行った。

「なんだよあいつ、いつもおれたちのこと馬鹿《ばか》にして」右田は口を尖《とが》らせた。

「あのスコップはなんだったんだろう。まさか死体でも埋《う》めに来たとか?」

「あいつの家も、最近、母親が姿を消したらしいしな」

「変な冗談《じょうだん》やめなよ」ぼくが言うと、右田は笑った。

「けど、そうだったんだ。高松のお母さん」

「ああ」

右田の家もぼくの家も、母親がいない。ぼくたちはもしかするとそれで仲良くしているのかな、とその時にはじめて考えた。お母さんのことを知って、高松のことを少し近く感じるような気がしたから。

右田はぼくを急《せ》かすようにして屋敷の裏へ向かった。

「あいつどこから出て来たんだ？」

ぼくたちは自分の背丈を超えている茂みへ分け入った。

奥へ行くと草はなくなり、落ち葉だらけだった。一面茶色のなかに、色の違《ちが》う一角を見つけた。黒土の山があり、その隣《となり》に穴が掘《ほ》られていた。

穴はぼくたちふたりが横になれるくらいの大きさで、深さはぼくのへそくらいまであった。

「こんな所に穴なんか掘って、どうするんだあいつ。ほんとに死体埋めるつもりかよ」

「落とし穴でもなさそうだしね」

子供ひとりが短時間で掘れる大きさではない。きっと何度か来ているのだろう。右田は「気持ち悪いやつだな」と何度も言った。日頃《ひごろ》の、見下されている、という被害者《ひがいしゃ》意識がここで爆発《ばくはつ》したようだった。ぼくにも同意を求めてきたけれど、ぼくは右田とは少し違って、高松の意外な行動に驚きはしていたけれど、不気味だとは思わなかった。

右田は、目当てだった幽霊のことなどすっかり忘れてしまったようで、発見した級友の秘密に夢中になっていた。高松が掘ったらしい穴を写真に撮った。「気持ち悪いやつだな」と、シャッターを押しながらまだ言った。

「こんな穴、埋めてやろうか」右田は靴底を使って、山になった土を穴の中へ落とし始めた。

「そんなことしたら誰の仕業《しわざ》かすぐにバレるよ」そう教えるとやめた。

ぼくたちふたりは、高松ひとりよりも弱い。教室の中の力関係というのは不思議だ。そういうのは、これからもずっとつづくのだろうか。つづくような気がする。大人になったらどうなのだろう。

ぼくは、お父さんのことを思った。お母さんがいなくなってから、ほとんど家にいない。いつも仕事に出ている。夜中に帰って来て朝にはもういない。平日も休日も同じだ。

「写真を見せて学校中に言いふらしてやるよ」

「だから、やめときなって」ぼくはそんなことをしても意味のないことがわかっている。もちろん、右田もわかっているはずだ。ぼくたちにあまり発言力はない。だからこそ、右田はもう一度、心霊写真が撮りたいのだろう。

高松とぼくたちの間には大きな距離《きょり》がある。でも、その距離がほんの少し縮まったような気がした。幽霊屋敷なんかにたったひとりでやって来て、森の中にこっそり穴を掘る高松というのは、みんなの知らない高松だ。勉強ができて運動ができる高松とは違う高松。教室の高松とは違う高松。

人には普段《ふだん》見えているのとは違う部分があるものなのだと知った。考えてみればそんなことは当たり前のことなのだけれど。例えば右田だってオカルト好きで拗《す》ねた皮肉屋とか思われていないけれど、本当はかなり負けず嫌いな面がある。ぼくはどうだろう。自分ではわからないけれど、きっと自分にもあるだろう。

「穴はこのままにしてもう帰ろうよ」そう言うと右田も納得《なっとく》して、ぼくたちは屋敷を後にした。右田は「また明日《あした》も来よう」と言った。それが幽霊撮影のためか、高松の穴をどうにかするつもりなのかは、わからなかった。ぼくとしては、幽霊も高松の穴も、どちらも気になった。

駄菓子屋に寄った。メダルゲームは懐《なつ》かしくて面白い。店のおばさんにそれを言うと、「三十年以上も前のものよ。あんたたちまだ生まれてなかったくせに」と笑った。おばさんは、自分のおじいさんからこの駄菓子屋を受け継《つ》いだそうだ。「うちはタイムカプセルなの。町や人が変わっても変わらないのよ」と言ってまた笑った。

メダルゲームはぼくが当たりを連発した。右田はすぐに手持ちの小遣《こづか》いを使いはたしたから、ぼくの獲《と》ったメダルを分けて遊んだ。それでもメダルはなかなか減らなかった。最初はうれしかったけれど、次第《しだい》になんだか運を無駄遣いしているような気分になった。結局、使い切れなかったメダルはポケットに入れて持ち帰った。

夕方になるとますます冷えてきて、息が白かった。

「今年《ことし》の春はなんか変だよな」右田は情けないような声で言った。

春なのに春が来ないのは幽霊屋敷の呪いかもしれないとか、高松のあの奇妙《きみょう》な行動は幽霊屋敷に呪われているからに違いないとか、ぼくたちはそんな話をしながら家に帰った。

＊

翌日、学校で高松はいつも通りだった。ぼくや右田と顔を合わせても、目も合わせず、何も言わず、普段通りにぼくたちを無視した。自分が掘った穴をぼくたちに見られているなんて考えてもいないのかもしれない。

ぼくは、大きなスコップを持って突然《とつぜん》現れた高松の顔を思い出してみた。ずいぶん思い詰《つ》めた表情をしていたような気がする。それにしても「昨日のことは誰にも言うなよ」なんて脅《おど》されでもしたらまだよかったのに、あまりにも何事もなかったようにしているので少し腹が立った。

ぼくは高松から目を離《はな》さずにいた。森の中でひとり、ひっそりと穴を掘りつづけている小学生。それが普段から秀才と評されている高松の知られざる姿なのだ。やはり何かが欠けているような気がしてしまう。右田のことも「偏《かたよ》っている」とは思うけれど、「欠けている」とは感じない。そういうぼくも「足りない」のだろうけれど。とにかく高松はみんなが言うほど、じつは完璧《かんぺき》ではないような気がする。苦手なやつだけれど、欠けている部分があって、それがぼくは魅力的《みりょくてき》にも思える。

三時間目が終わって、理科室へ移動するために廊下《ろうか》を歩いていると、後ろから高松が近づいて来た。

「ネジ、おれのこと観察するの、やめろよ」と言って追い越した。ぼくは、えっ？　とかそんな声を出すのがやっとだった。

早歩きでどんどん先へ行く高松の後ろ姿を見ながら、ぼくは少し迷ってから足を速めた。隣に並んで呼びかけると少し驚いた顔をした。

「なんだよネジ、文句でもあるのか」

「文句なんかないよ。今日《きょう》もあそこへ行くの?」

高松は少し考えてから「お前ら、見たのか?」と言った。そして、「今日は行かない。塾《じゅく》だから」と応えた。

「何をするつもりなの?」と訊くと、それには応えずさらに足を速めて行ってしまった。

右田が追いついて来て、「あいつなんだって?」と知りたがった。どんどん先を歩く高松の背中を見ながら「何かに憑《つ》かれてるな」と言った。

右田は確かに少し霊感があるのかもしれないけれど、それは意地悪で言っているようにしか聞こえなかった。大抵のことを、オカルト的に見方を変えて無理矢理に納得しようとする。ぼくはそれを面白いと思っていた時期もあったけれど、この頃はたまに鬱陶《うっとう》しく感じることもある。

霊とか前世とか異次元の世界とか、ふたりで話しているとぼくたちはすぐに現実世界からいなくなってしまう。でも、あまり現実を歪《ゆが》めて見てしまうのはよくない。右田は偏ったやつだけれど、ぼくは時にバランスをとりたいタイプなのだと思う。

右田が見たという女の幽霊のことも、ぼくは、本当は半分くらいしか信じていなかった。右田にとってその幽霊は必要なものなのだ。ぼくを自分につなぎとめるためや、自分のプライドを保つために。

それでも、「今日も屋敷へ行くよな」と右田に言われると「行くよ」と応えた。ぼくにとっても、右田の幽霊は少し必要なのだ。右田がいなければ、ぼくはひとりぼっちになってしまう。ぼくたちには本当に、本物の幽霊が必要なのかもしれない。

高松の「穴」も、ぼくたちの「幽霊」と同じようなものなのだろうか。きっと違うような気もした。高松の「穴」と、ぼくたちの「幽霊」。あの丘で、ぼくたちはそれぞれ何を見ているのだろう。


理科室は教室よりも寒かった。数人ずつ班に分かれて実験をする。瓶《びん》に入れたロウソクに火を点《つ》けて上からガラス板でフタをする。するとしばらくして火が消える。

隣の実験テーブルで高松はつまらなそうにマッチを擦《す》ってロウソクに火を点けていた。怖がって点けることができない八木沼《やぎぬま》という女の子のぶんも点けていた。

高松は何をするのもつまらなそうにする。なんでもできてしまうのって、そんなものなのだろうか。あの穴を掘っている時の高松はどんな顔だろうかと想像した。楽しそうではないけれど、つまらなそうな顔でもなさそうな気がした。

杉内先生が班をひとつずつまわって生徒たちの様子を確認《かくにん》して行く。ぼくが火を点ける番になるとわざわざやって来た。マッチからロウソクへなかなか火を移すことができなくて焦《あせ》っていると、「何をやらせてもネジだなあ」と嬉《うれ》しそうに言った。

「先生」急に高松が質問をした。「密閉された部屋で火を使いつづけたら、酸素がなくなって死にますよね?」

理科室が騒《さわ》がしくなった。すぐに野次を飛ばす野口が「推理小説のトリックか」と言った。杉内先生は「完全に遮断《しゃだん》された空間ならそうだろうな。なんでそんなことを訊くんだ?お前、完全犯罪でもするつもりか」と言った。高松は「まあ」と応えただけだった。

ぼくは右田を見た。右田もぼくを見ていた。それから高松を見るとぼくの視線に気づいたらしく、顎《あご》だけを動かして、見るな、あっちを向いていろ、と訴《うった》えた。でもぼくは、いつもみたいには従いたくなかった。すると高松は、呆《あき》れたような表情をして横を向いてしまった。

高松っていつも本当は何を考えているのだろう。ぼくは、高松があの穴をこれからどうするのか見つづけていこうと思った。どうせ心霊写真を撮るために右田と一緒《いっしょ》に何度も屋敷へは行くのだ。高松がどれだけ無視しようとぼくたちは同じ幽霊屋敷に通う仲間なのだ。

何しろあそこは普通の子供なら、一度行ってみたことがあるかないか、というような場所だ。大人たちから危ないから行ってはいけないと言われる場所だ。女の子などはほとんど誰も行かない。要するに学校でも少し変わっているような人間が行く場所なのだ。ぼくは高松を歓迎《かんげい》するし、連帯感も感じていた。右田はぼくとは考えが違うようだったけれど。

＊

公園で右田を待ちながら、蝶《ちょう》がいないことに気がついた。これも寒さのせいなのだろうか。いつもならこの時期には沢山《たくさん》の蝶が飛び回っているはずなのに。後から来た右田にも教えると、興味深そうに「本当にいつになったら春が来るんだろうな」と言った。いるべきものがいないというのは妙《みょう》な感じだ。

右田が見た女の幽霊を捜《さが》しに、また屋敷へ行った。右田は何枚か写真を撮った。右田の語る女の幽霊は、語られるたびに若く美人になった。「胸が大きくてさ」両手を自分の胸の前で揺《ゆ》らした。

「五十嵐《いがらし》先生くらい?」ぼくが学校で一番胸の大きな先生の名前を出すと、「そうそう、あのくらい。根津、この頃エッチだな。こんど兄貴のエッチな本を見に来いよ」と言った。

ぼくはその女の幽霊を想像するのに、今までは青白い不気味な女を想像していたけれどやめて、五十嵐先生みたいな胸の大きな女の人を想像することにした。

「おっ」右田がぼくの背後を見て声を上げた。「またあいつだ」

振り返ると、さっき学校で訊いた時には「今日は行かない」と言ったはずの高松がスコップを担《かつ》いで歩いていた。ぼくたちがいる場所は通らずに庭を挟《はさ》んだ向こうの小径から屋敷の裏へまわろうとしているようだ。

またもや無視するつもりなのだろうか。ぼくが「高松」と声をかけると、右田が放っておけよとばかりに、顔を歪ませてぼくを見た。

気にせず、もう一度呼びかけた。高松は振り向きもせず歩いて行く。

「あいつ、また無視かよ」それを見て腹が立ったらしく、右田も呼びかけ始めた。「おい高松！　無視すんな！」

「そうだよ！　無視するな！」

ふたりで叫んだ。それでも高松はぼくたちを無視した。

「青いケツ！」右田が急にそう叫《さけ》んだ。

「青いケツ？」

「うん。お前も言ってやれよ。あいつ、ケツに赤《あか》ん坊《ぼう》の時の青い痣《あざ》がまだ消えないで残ってるんだ」そう教えるとまた叫んだ。「止まれよ！　青いケツ！」

「なんでそんなこと知ってるの？」

「おれたち、昔は親同士が仲良くて、いつも兄弟みたいに一緒に遊んでたからさ」

そんなことはじめて知った。高松と右田が幼馴染《おさななじ》みだったなんて、今のふたりしか知らない人間なら誰だって驚くだろう。

「青いケツ！」

「おーい！」

高松は立ち止まり、やっとこちらを見た。そして、

「うるせえぞ、オネショ王子！　ちゃんと布団《ふとん》干して来たか？」と叫んだ。

オネショ王子？　右田を見ると顔が赤くなっている。

「うるせえ！　青いケツ！」

「なんだ、まだ治らないのかよ、オネショ王子ちゃん！」

感情を子供らしく表に出す高松をぼくははじめて見た。なんだ、ぼくらと同じではないか。

「ケツ見せてみろ！」

「ションベン臭《くさ》いぞ！」

屋敷の庭を挟んでふたりの怒鳴《どな》り合いはつづいた。ぼくは口を挟めなくなった。そうしたら急に、高松の矛先《ほこさき》がぼくに向かって来た。

「ネジ！　お前、ネジとか呼ばれて、喜んでるなよ！」

「え、ぼく？」戸惑《とまど》っていると、隣の右田までが「そうだよ！」と言い出した。ぼくは、ますます困惑《こんわく》した。

「なんだよ。冗談じゃない。ぼくだって嫌だよ！　バカにされて喜んでるわけないだろ！」と言った。

「だったら嫌だって言えよ！　黙《だま》ってるってことは、認めてるってことだぞ！」

「おれもそこは青いケツと同じだ。前から言おうと思ってた」右田も高松に同意し始めた。思いがけず、ふたりから責められることになって、ぼくは泣きたいくらいだった。

「ネジ！　おれはお前みたいなの好きじゃない！」高松が大きな声で言った。

これには右田は同意せずに「お前、言い過ぎだぞ。あやまれ！」と言い返した。

高松は「くだらない。一生、友達ごっこしてろ！」と行ってしまった。もう右田が何か言っても振り返らなかった。いつもの高松に戻っていた。右田は無視されてもさっきのように腹を立てることはなかった。

ぼくは、複雑な気持ちだった。右田に対して腹を立てたいのに恥ずかしくてできず、高松にも腹が立つし、でも自分に対していちばん腹が立っていた。

高松の姿が見えなくなると右田は気まずそうに咳ばらいをした。ぼくは黙っていた。

「あいつ、ほんと腹立つなあ」そう言っていたけれど、そんなに腹を立てているようには感じなかった。ぼくはやはり何も言う気にはなれなかった。

「ぼちぼち帰ろうか」右田は少し困ったように言った。「そうだ！　メダルゲームやりに行こうぜ」ぼくの機嫌を取ろうとしているようだった。

「いや、先に帰っていいよ。ぼくはもう少しここで幽霊が現れるのを待つから。メダルも持って来てないし」

「怖がりのくせに」

「平気だよ」

右田は帰らなかった。しばらく黙っていたかと思うと、何かいいことでも思いついたみたいに、「あいつさ、ケツの右側のほっぺにこんなでっかいオーストラリアみたいな形の青い痣があるんだぜ」右手の親指と人差し指を広げて説明した。「それからおれ、オネシヨはもうとっくに治ってるから、誰にも言わないでくれよな」

懇願《こんがん》するようなその言い方が面白くて、ぼくは思わず噴《ふ》き出してしまった。「本当に治ったのかなあ」意地悪を言った。

「本当だよ、本当だってば」右田は嬉しそうに言った。「根津はなんか恥ずかしい秘密ないの」

「ぼく？　うーん。どうかなあ。わからない」

「なんかあるだろう、絶対」

「ないよ。あ、お風呂《ふろ》でオナラしようとしたら、大が出ちゃったことならあるけど」

幼い頃《ころ》のことだから何気なく言ったのに、右田は目と口を大きく開けて驚いた。

しまった。笑ってくれると思ったのに、なんでわざわざ教えてしまったのだろうかと後《こう》悔《かい》した。

「嘘《うそ》だろ、風呂で大かよ。今日からお前のことフロデダイって呼ぼう」

「やめてよ。なんだよ、オネショ王子！」

右田は「うるせえ、フロデダイ」と言いながら笑っていた。ぼくも笑った。

「ちょっと、あいつ冷やかしに行こうか」

「うん、でも」少し気が引けた。

「大丈夫《だいじょうぶ》だよ。たぶんあいつも、もうごちゃごちゃ言わないだろう。そういう性格だから」

右田は高松のことがわかっているらしかった。

「前はそんなに仲が良かったのに、どうして今は話もしなくなったの？」

「なんでだっけな、もう忘れた。なんとなくかな。なんか頭に来るだろ、あいつ。いちいち人のこと見下す感じがしてさ。まあ、近くまで行って何してるか見てやろう」

ぼくたちは屋敷の裏へ行ってみた。茂みの向こうからスコップを土に差し込む音が聞こえる。茂みを抜《ぬ》けると、あの穴から高松の上半身だけが見えた。

気づかれていないようだ。ぼくたちは大きな木の幹に隠《かく》れるようにして見ていた。スコップを重そうに持ち上げて穴から土を出す。高松の息はもう荒《あら》くなっていた。土を放り出すとまたスコップを穴の中に突き刺《さ》す。足を乗せて体重をかけて土に差し込んだのだろう。頭が少し高くなってすぐに下がった。そして屈《かが》んで掘り出した土をまた穴の外へ放り出す。それを休まず繰《く》り返していた。

一心不乱に穴を掘りつづける高松を見て、ぼくはさっき言われた酷《ひど》いことへのわだかまりも消えてしまった。

何を考えてのことかは知らないけれど、ひとりで行動できる高松は自分よりも大人に見えた。ぼくは右田がいなければ何かしようなんて思わないかもしれない。高松がかっこよく思えた。

右田は冷やかさず静かに見ていた。ぼくたちは、高松から伝わって来る熱心さに圧倒されてしまった。木の陰から出て近づくことも、立ち去ることもできなかった。

やがてスコップの音が止まった。高松は腰《こし》に手を当て、上半身を後ろに反らして伸《の》びをした。それから急にこちらのほうを見て、「お前らさ、いい歳《とし》してかくれんぼかよ」と言った。

右田は一度ぼくの顔を見てからすぐに、「別に隠れてなんかいないよ」と言いながら木の陰から出た。ぼくも出た。

高松は「ふたり、みいつけた!」と言った。「お前ら、こそこそ何見てるんだよ」

「別にいいだろ。お前こそ何してるんだよ」右田が言い返した。

「お前らに関係ないだろ」言いながら高松はぼくを見た。ぼくは慌《あわ》てて何か言おうとした。

「なんのためにこんな穴を掘ってるの?」

「関係ないだろ」高松は冷たく言った。

「あるよ」ぼくは引かなかった。

「なんだよ、ネジ。お前なんかにどんな関係があるんだよ。面倒《めんどう》臭いから、いちいち無理して言い返さなくていいよ」

ずいぶんな言い方に腹が立った。「ここは呪われた場所なんだ。穴なんか掘って祟《たた》りが起きたらどうするつもりだよ」ぼくは言った。

「そうだよ」右田も言った。

高松は呆れたという顔をした。そして勢いをつけると飛び上がるようにして穴から出て来た。

「お前ら、みんなと同じだな。オカルト馬鹿なりにもう少し考えてるのかと思ってたけど、やっぱりただの馬鹿か」

「なんだよ」右田が悔《くや》しそうな顔で抗議《こうぎ》した。ぼくも高松を睨《にら》みつけた。

高松は足元の土にスコップの先を何度も突き刺している。

「そんなに偉《えら》そうにするなら、もったいぶらないで教えてよ」ぼくが言うと、右田も「そうだ。さっさと教えろよ」と言った。

高松はしばらく同じようにスコップの先を突き刺していたけれど、「あのな。いや、やっぱりやめよう。お前らみたいな馬鹿に教えても無駄なだけだ」もったいぶっているのか、案外と優柔不断《ゆうじゅうふだん》な性格なのかもしれない。

「わかったよ。じゃあもういいや。根津、もう行こうぜ」右田はそう言うとぼくの肩に腕《うで》をまわし、高松に背を向けて屋敷のほうへ歩き出した。

「ちょっと待てよ」高松が引き留めた。

右田がニヤリと笑ってぼくを見た。でも振り返りはしなかった。

高松は、「待てって言ってるだろう」と、ムキになったような口調で呼びかけてきた。

右田が、よし、とぼくに合図して、ふたりで高松のほうを振り返った。

高松はぼくたちのほうへ歩み寄りながら、「シェルターを作るんだ」と教えた。そんな応えはまったく想像していなかった。

「シェルターって、核《かく》シェルター?・」ぼくは驚いて訊いた。

右田も「お前、勉強のしすぎでついに狂《くる》ったか」と言った。

「笑うなら笑え。世界はもう終わるんだ。お前らも手伝《てつだ》いたければスコップを持って来いよ」高松は真面目《まじめ》な顔で言った。

右田もぼくも笑わなかったし、馬鹿にもしなかった。

「すごいな」右田は高松を見た。高松も素直にそれを受け止めたようだった。ぼくも「すごいアイデアだよ」と言った。自分で作ろうなんて考えたこともない。

「一緒に掘るか」と、もう一度訊かれて、ぼくたちは頷いた。

「誰にも教えたらダメだからな」

それから高松は、なぜシェルターを作ることを思いつき、実行に至ったのかを語った。

シェルターは核兵器だけに備えたものではないらしい。隕石《いんせき》の衝突《しょうとつ》や、天災、異常気象など、あらゆる原因で地上の世界が崩壊した場合を考えているのだという。

「終わるのがわかっていて、何もしないでいることはおれにはできない」と言った。

高松の考えでは世界が終わることはもう決まっていて避《さ》けられないことのようだった。

右田もぼくも世界の終わりについて、それを信じていたし恐れてもいた。でも、半信半疑な部分もあって、高松ほどには受け止めていなかった。

「一日も早く完成させないと」高松は冷静に語りながらも、気持ちは焦っているようだった。

「よしわかった。明日から三人でどんどん掘ろう」右田が言うと、高松は満足そうに頷いた。

「昔よく、ふたりで幼稚園《ようちえん》の砂場を掘ったんだ」と右田がぼくに教えた。ぼくは幼稚園には行かず保育園に通っていた。

＊

家に帰るとすぐに、スコップを探すために庭に出た。大きなのがあったはずなのにどうしても見つけられなかった。小さなシャベルさえ見つけられなかった。

ある時期、お母さんが凶器《きょうき》になりそうなものを片っ端《かたぱし》から処分していたことがあったから、その時に片付けられてしまったのかもしれない。あの頃からぼくの家は普通ではなかったのだろう。今も陰でいろいろ言われているけれど。

みんなどうして他人のことを、あれこれ言うのだろう。手助けをする気もないくせに、親切そうな顔で意地悪なことを言ったりする。

ぼくは、もし本当に世界が終わるとしたら、自分のことしか考えず他人の痛みがわからない意地の悪い人たちは助けたくない。

*

やはりスコップは見つからなくて、学校で右田に相談した。すると、「うちにも一本しかなかったよ。新しいのを買うのも大変だしな。そうだ、学校のを拝借しちゃえばいいよ」と言い出した。

「え？　貸してくれるかな」

「何言ってるんだよ。勝手に借りるんだよ。大丈夫だって」

休み時間、右田に言われるまま校庭の隅《すみ》にある用具小屋へ行った。高松は教室では、これまで通りぼくたちを相手にしない。三人だけの秘密を守るためだろう。

用具小屋の戸にはダイヤル式の南京錠《なんきんじょう》が掛《か》かっていた。右田は素早《すばや》く番号を合わせて解錠《かいじょう》した。「前に体育係をやった時に覚えたんだ」得意気にそう教えた。

「早く、閉めて、閉めて」右田に言われて戸を閉めると、真っ暗だった。ほんの数センチだけ戸をずらすと外の光が差し込んできて、さまざまな道具の輪郭《りんかく》を浮かび上がらせた。白線を引くための石灰《せっかい》や、ＰＴＡのテント、運動会で使われる太鼓《たいこ》など、さまざまなものが所狭《ところせま》しと置かれている。埃《ほこり》っぽくてクシャミが出た。

「あったあった」右田がしゃがんで奥《おく》へ手を伸ばした。

取り出したのはスコップではなくて箱だった。中にはスターターピストルが入っていた。火薬も一箱ある。「やってみたかったんだ」右田はそれらをジャンパーのポケットと懐《ふところ》に入れた。

肝心のスコップは、リヤカーの奥に寝《ね》かされてあった。ぼくはどうやっても隠しようのないスコップを胸に抱《だ》きかかえるように持った。

用具小屋を出て校庭の隅を早歩きして校舎の裏側へ行った。

誰もいなかった。ぼくたちは塀際《へいぎわ》の植え込みの中にスコップと箱を隠した。下校の時に寄って持ち帰るつもりで教室へ戻った。

ぼくは心臓が飛び出しそうなのに、右田はいつもと変わらないように見えた。気は大きくないと思うが、変なところで度胸がある。階段を上りながら「後でみんなと下校時間をずらして取りに行こう」と言った。その冷静さは少し高松に似ているような気がした。

授業中もずっとスコップのことが頭から離れなかった。先生や用務員さんなど、誰かに見つけられてしまうのではないかと気が気でなかった。何かを盗《ぬす》むのははじめてだった。

杉内先生はそういうのを見逃《みのが》さない。「ネジ、ちゃんと聞いているのか。まったくお前は。また一本、ネジが飛んだんじゃないのか」

先生がそう言うと、いつも通り教室のみんなが笑った。ぼくはどうしてみんながこんなことで飽《あ》きることもなく笑えるのかわからなかった。普段からみんなが面白いとするものの面白さが、ぼくにはわからないことも多い。

「先生、いいから早く進めてください」そう言ったのは高松だった。「うちのクラス、だいぶ教科書が遅《おく》れているんでしょう?」

そう言われると杉内先生は、「わかったよ」と授業に戻った。いつものようにぼくのところで授業が中断することを期待していたみんなは、がっかりしたようだった。

ぼくは高松を見たけれど、黒板に顔を向けたまま一度もぼくを見なかった。高松も場の空気がわからない。わかっているのに気にしないのかもしれない。高松はそれでも許される。

後ろの席の右田は、珍しく何もちょっかいを出してこない。寝ているのかと思い、振り返ってみるとちゃんとノートを取っていた。静かになった教室に杉内先生の高い声が響《ひび》いている。それは現実なのに、なんだかあまり現実感がなかった。

学校が終わってみんなが下校した頃を見計い、ぼくたちは隠したものを取りに行った。目立たないように、いつもは使わない裏門から帰った。

ずっとスコップを身体で隠すように抱《かか》えていたぼくは、緊張《きんちょう》で全身に力が入っていたようで、学校から充分《じゅうぶん》に離れた辺りまで来ると、腕や肩や背中が痛かった。

「ちょいとやぼ用があって遅れる」とふざけた口調で言う右田とは、屋敷で落ち合うことにして別れた。

＊

家に帰ってスコップ全体を古新聞で包んだ。幽霊屋敷まで持って行く途中《とちゅう》で、誰かに会ったり、見られたりするかもしれない。

包んだスコップを持って屋敷へ向かった。肩に担ぐと、「住民の健康をカネと引き換《か》えに」という見出しが目に入った。

いつか世界の終わりのことが記事になる日が来るのだろうか。その時は世の中が大パニックで新聞どころではないのかもしれない。ぼくたち三人はシェルターにこもって生き残るだろう。その想像はちっとも嬉しいものではなかった。

荷台に土を積んだダンプカーが何度もぼくを追い越して行った。工事関係の車両らしくない行儀《ぎょうぎ》のよさで、まるでハイヤーでも運転しているかのように静かにゆっくりと走る。それは、すっかり見慣れた町の光景になっていた。

右田はもちろん、高松もまだ来ていなかった。ひとりでいると、いつにも増して不気味だ。ぼくは穴へ向かった。じっとしていても怖いし、何もできないでいるのを高松にまた馬鹿にされるのも嫌だから勇気を出した。高松もいつもひとりで穴を掘っているのだ。そう考えると少し落ち着いてきた。

穴を掘り始めると、すぐに身体が熱くなってきた。腰や背中も痛くなる。シェルターの完成までにいったいどのくらいの量の土を掘り出すことになるのだろう。

掘っても、掘っても、ふたりはなかなか姿を現さなかった。

なんだよ、ふたりとも。ひとりで掘っていても、ちっとも面白くない。

ひとり愚痴りながら掘りつづけた。

日が傾いて、辺りが薄暗くなると急に心細くなってきた。もう帰ってしまおうかと思っていると、茂みの向こうから人が歩いて来るような気配を感じた。

高松か右田のどちらかだと思い、「遅《おそ》いよ」と声を掛けた。返事はなかった。おかしいな、気のせいか。でもやはり人の気配があるように感じた。

「高松？・」「右田？・」さらに呼びかけた。

高松はともかく、右田ならすぐに応じてくるはずなのに、何も返事はない。ぼくはオカルト話なら好きだけれど、実際となるとこういうのは苦手だ。幽霊？　意識し始めると抑《おさ》えられなくなった。

武器にしようとスコップを手にしたまま駆《か》け出して、やはり邪魔《じゃま》だと思い直して投げ捨てた。茂みを掻《か》き分けて屋敷の庭へ出た。

誰もいなかった。そのまま庭を突っ切って一目散に門へ向かおうと走り出した。

横目に、薄暗い屋敷の陰から白いものが現れたような気がした。

うわあっ、出た！

心臓が飛び出しそうになって、全身が冷たくなった。膝《ひざ》から力が抜けて、転びそうになるのを必死でこらえた。恐ろしくて、もう一度確認しようとは思えない。なんとか足を動かしつづけて必死に逃《に》げた。

女の人のような細くて高い声が聞こえた。「待ちなさい」そう言っているようだ。信じられなかった。

そこからはよく覚えていない。気がつくと、「ごめんなさい、許してください、取り憑かないでください」そう繰り返しながら坂道を駆け下りていた。

薄暗闇《うすくらやみ》に浮かび上がった白い存在と細くて高い声が、背中に張り付いているような気がして何度も手をまわして叩《たた》いた。あれは右田が見たという女の幽霊だと思った。右田の話は本当だったのだ。恐ろしくてほとんど見ることはできなかったけれど、ぼくは生まれてはじめて幽霊を見てしまった。

そのまま大きな通りまで走りつづけた。すれ違うおばさんのひとりが、ぼくの顔を凝《ぎょう》視《し》して過ぎた。よほど酷い顔をしていたのかもしれない。

足は右田の家へ向かっていた。気が張っているせいか、いくら走っても疲《つか》れなかった。心臓は激しく鼓動《こどう》しっぱなし、脚《あし》は震《ふる》えたままだった。

郵便局の角を曲がると大きな家がある。一年生の時から不登校をつづけている花井美土《はないみど》里《り》という女の子の家だ。今は同じクラスで、親が偉い人だと聞いたことがある。どの部屋《へや》の窓もカーテンを閉め切っていた。中にいるのだろうか。ぼくはどんな子なのか一度も見たことはなかった。「すごいデブで、ブスで、臭い」と、学校のみんなは化け物のように言っていた。怖いもの見たさで本物に会ってみたい気はした。でも、今はそれどころではない。何しろ本物のお化けを見てしまったばかりなのだ。

花井のことを考えたら少し落ち着いた。熱くて汗《あせ》をかいていることにようやく気がついて厚手のジャンパーを脱《ぬ》いだ。

右田の家は花井の家から案外と近かった。右田は花井のことは一切《いっさい》話さないから、あまり印象がなかったけれど、そういえばときどき杉内先生からプリントなどを届けるように頼《たの》まれていることもあった。

鮮《あざ》やかな黄色で塗《ぬ》られた右田の家は、白とかグレーとか地味な色の家ばかりの界隈《かいわい》では目立っていた。前は周囲の家と同じようなグレーだった。リフォームして今の黄色にした。離婚《りこん》したお父さんが少しでも家を明るくしようと考えた結果らしい。右田は近所迷惑《めいわく》な色だと言っていた。家が派手な色に変わるくらいなら余程《よほど》いい。ぼくの家の場合は、お父さんの中身が変わってしまった。

門の呼鈴《よびりん》を鳴らした。右田の声が応じた。ぼくだとわかると玄関《げんかん》から飛び出して来て「今日ごめんな」と顔の前で手を合わせた。そんな右田を見たらほっとした。すっぽかされたことなんかどうでもよくて、すぐに幽霊のことを話した。

「見ちゃったよ。あれは右田が見た女の幽霊だと思う。ぼくひとりだったし、もうだいぶ暗くなっていたから、慌てて逃げちゃったんだけど、後ろから、待ちなさいって、気味の悪い声で何度も呼び止める声が聞こえて、もう必死で逃げて来た。あの屋敷は呪われてるよ本当に」

ぼくは早口になって一気に話した。右田もはじめは気圧《けお》されていたようだったけれど、事情がわかってくると目を大きく見開いて話を聞いた。

「やっぱり出たか！　それでどんな感じだった？　白い服で髪《かみ》長かったか？」

「怖くてほとんど見られなかった。白っぽかった。五十嵐先生みたいなのじゃなくて、かなりお化けっぽかったよ」そう言うと右田は少し笑った。

「兄貴のエッチな本見て行くか？」

ぼくはそれどころではなかったから断《ことわ》った。

「今からもういっぺん行ってみる気はないよな？」

「どうかな。行ってもいいけど。ずっと走って来たから、もう膝がガクガクしてダメかもしれない」それだけ言うのがやっとだった。

右田はそれで「意気地《いくじ》なし」などと、からかいはしなかった。「それじゃあ明日、一緒に行ってみよう」と言った。そして、「あいつも連れて行かないとな」と付け足した。高松のことだ。

右田は途中までついて来て、「家に帰ってもひとりなんだろう？　大丈夫か？」と気遣った。ぼくは「もう落ち着いたから」と言って別れた。

＊

暗い家の中には何かが潜《ひそ》んでいるような気がした。居間の束ねられた白いレースのカーテンが幽霊に見える。大声で歌いながら、家中の灯《あか》りを点けてまわった。何かが「いる」と感じる時には、きっと何かが「いる」らしい。オカルトの本で読んだのを覚えていた。ベランダに干したままの洗濯物《せんたくもの》を取り込んだ。湿気《しっけ》と一緒に土埃の臭《にお》いもする。それから台所へ行って、米を研《と》いで炊飯器《すいはんき》のスイッチを入れた。

台所のテーブルで宿題をやることにした。あまり静かだと怖いので居間のテレビを点けておく。夕方のニュースが流れた。漢字を沢山覚えなければならないのに、ぼくはあまり覚えていない。字を書くのは疲れる。このままろくに漢字を覚えないで大人になったらどうなるのだろう。学校に来ない花井なんかは大変だろう。でも、あんな広い家に住む金持ちだから大丈夫なのかもしれない。

ひとつの漢字につき二十回書けと杉内先生から言われていた。ぼく以外のみんなは十回だ。倍やってもみんなより覚えられない。ぼくはどうしたらいいのだろう。ときどき嫌になる。

背中に寒気を感じた。家の柱か何かがミシッと大きな音を立てて、思わずビクリとする。なんでもない時なら平気なことも、いちいち気になってしまう。漢字練習はなかなか進まない。自分が呪われていたらどうしようかと思った。調味料の棚《たな》から粗塩《あらじお》の入った箱を見つけて、家中あちこちまいた。少しは気休めになった。

炊飯器から勢いよく蒸気が出始めた。ご飯の炊ける匂《にお》いは、ウンチみたいな臭いがするから好きではない。ぼくは毎日、自分で米を炊《た》いて、温めるだけで食べられるレトルトのカレーとか、丼物《どんぶりもの》の具とか、中華《ちゅうか》の具などをご飯にかけて、ひとりで夕食をすませる。栄養が偏らないように一応は毎日メニューを変えたり、カップ麺《めん》は食べないように気をつけている。

お父さんは帰ってこない。ぼくが眠《ねむ》っている時間に帰って来て、ぼくが眠っている時間にまた出て行く。お母さんがいなくなってからずっとそうで、最初は無理をしていないか心配だったけれど、あまりにも顔を合わせることがないから、そんなに気にならなくなってしまった。普通なら異常なことも毎日つづくと当たり前になってしまうものなのだ。

炊けたご飯に麻婆豆腐《マーボードウフ》をかけて食べた。スーパーで見つけたレトルトの麻婆豆腐は、お母さんが作る麻婆豆腐よりも美味《おい》しい。はじめて食べた時はそうでもなかったけれど、今ではそう感じるようになった。大人になったのかもしれない。

もういい加減、幽霊のことは考えないようにしたいのに、そう意識するほど考えてしまう。だから明日の学校のことを考えることにした。高松はなんて言うだろう。

幽霊？　世界が終わるっていうのに呑気《のんき》だな。そんなことを言われるような気がした。でも、高松だってあの本物の幽霊を見ればそんなことも言えなくなるだろう。

とにかくお風呂に入るのも嫌で、そのまますぐに寝てしまった。

＊

翌朝、いつものようにお父さんはもう出掛けていた。洗濯機の中に昨日着たらしいシャツや下着が入っているから、帰っていたことがわかる。お母さんがいなくなった朝から、洗濯はぼくの仕事になった。お母さんは洗ったばかりの洗濯物を干さず、そのままにして家を出て行った。

白いワイシャツ、白いTシャツ、水色のパンツ、黒の靴下。お父さんはいつもまったく同じものしか買ってこない。ぼくは自分の服も洗濯機に放り込むと洗剤《せんざい》を入れてスタートボタンを押《お》した。ぼくの服はお母さんが買ったもので柄《がら》や色もいろいろだ。小さくなっているものもあったけれど、捨てたくなくて着つづけていた。

洗濯機が回っている間に朝ごはんを食べ、顔を洗って服を着替《きが》え、学校へ行く準備をする。洗い上がった洗濯物を干してから登校する。お母さんは洗濯物をベランダに干す時に、いつも土埃を嫌がっていた。今は土埃も気にならない町で暮らしているのだろうか。

玄関には鍵《かぎ》が四つも付いている。前に空き巣に入られたことがあってそうなった。上から順に全部掛ける。四つ目を掛ける頃には「家」と「外」がはっきりと区切られるような気がする。

寒さに背中を丸めながら学校までひとりで歩く。早く右田とつづきが話したくて自然と急ぎ足になる。高松にも早く教えたい。歩きながら整理して考えてみた。

春なのにいつまでも寒くておかしいなと思っていたら↓右田が幽霊を見て↓幽霊屋敷に捜しに行ってみたら↓高松が「シェルターを作る」と大きな穴を掘っていて↓手伝い始めたら↓こんどはぼくも幽霊を見た。

こんなに変なことが立てつづけに起こることは、滅多《めった》にあることではないし、全部つながっているのではないかと思った。

いつの頃からかぼくは、物事というのはいつもは複雑でバラバラになっているけれど、たまに人生のなかですべてが一直線につながる時があるのではないか、というようなことをぼんやりと考えてきた。だから、お母さんのことも納得はできなかったけれど、理解しようと努力はしていた。

登校して教室の自分の席に座《すわ》るとすぐに右田がやって来た。席替えをしたばかりで、窓側と廊下側とに離れていた。今度は右田の後ろが高松だ。ぼくの後ろは空いている。不登校をつづける花井の席だった。

右田は花井の席に座って、「昨日、大丈夫だったか?」と訊いた。ぼくは、まったく平気だったと強がりを言った。

「高松が来たら、あいつも入れてちょっと話そう」

そう話していると高松が教室に入って来た。すぐに右田が立ち上がり、高松の所へ行った。高松は右田の顔を見ると面倒臭そうな表情をした。でも、右田が少し何か話すと席を立ち上がった。右田はぼくに手招きしながら、高松と教室を出て行く。ぼくも慌てて立ち上がり、ふたりの後を追った。廊下に出ると高松が振り向いてぼくを見た。何も言わずただ頷いたから、ぼくも頷き返した。

廊下の端まで行き、そのまま非常階段に出た。

「昨日、根津が屋敷で幽霊を見たんだ。お前にも話しておこうと思ってさ」右田が高松に簡単に説明した。「な、根津」と言われ、ぼくは隣で頷いた。

「白っぽいのが屋敷の陰からフワリと現れてさ、驚いて走って逃げたら、待ちなさいって何度も呼び止められたんだ」

「じつはおれも、こないだ町でその幽霊を見ていてさ。幽霊屋敷に行けばまた見つけられるんじゃないかって、ふたりで通っていたんだ」

高松はいつもの人を小馬鹿にしたような表情でぼくたちの話を聞いていた。「シェルターを作るのは、やめたほうがいいのではないか」とぼくたちが言うと、その顔が一瞬《いっしゅん》にして変わった。

「幽霊が出たから穴を掘るのをやめろだって？　馬鹿なこと言うなよ。何が祟りなものかよ」呆れたという顔をした。

「そんなに偉そうに言うなら、今日一緒に幽霊を見に行こうぜ」右田が腹立たしそうに言った。やはり右田は高松に対してすぐに対抗心《たいこうしん》を燃やす。

「そうだな。いいよ。それじゃあ今日行ってやるよ」

高松もいつになくムキになるのが面白い。「それでももしも本当に幽霊が出て来たら、ネジみたいに、キャー助けてー、なんて逃げたりしないで、その幽霊とじっくり話をしてみようぜ」高松はそんな言い方をした。

「もちろんだ」右田も応えた。ぼくはすっかり臆病者扱《おくびょうものあつか》いだ。

「ぼくだって、ひとりじゃなかったら逃げなかったよ」そう主張したけれど、ふたりから無視された。

チャイムが鳴り、ぼくたちは急いで教室へ戻った。遅れると杉内先生はいちいちうるさい。他《ほか》のみんなはもう教室の中に入っている。廊下を走りながら、そういえばクラスで杉内先生に違和感《いわかん》を持っているのは、この三人だけなのではないかと気がついた。他のみんなは「クラスはひとつだ」みたいな先生の教えを結構素直に受け入れて、それなりに楽しくやっているように見える。ぼくは、杉内先生に対してばかりか、そういうみんなに対しても自分とは違うものを感じていた。だから浮いてしまうのだろう。

＊

ぼくも右田も、三人で一緒に屋敷へ行くつもりだったのに、高松だけは「おれはひとりで行くから」と現地集合した。

屋敷の門の前で高松は待っていた。ぼくたちが来るとすぐに「これ見ろよ」と指差した。鉄条網で封印《ふういん》されていたはずの鉄の扉《とびら》が開け放たれていた。

「立ち入り禁止の看板もなくなっている」ぼくは気がついた。

「何これ、血みたいなのがある」右田が見つけた土や草の上にべっとりと付いた赤い染みは、鉄の扉に塗られた錆止《さびど》めの塗料《とりょう》だった。「何が起こったんだ?」右田はカメラを取り出すと門を撮った。

「行ってみよう」高松が歩き出した。ぼくたちもつづく。ますます気味の悪い場所に感じる。ぼくは緊張のせいか手足が冷たかった。

屋敷までの小径がいつもより長く感じられる。

突然、「わっ!」と高松が大声を出した。ぼくは全身に電流が走ったみたいに硬直《こうちょく》した。右田も思わず後ずさりした。高松が腹を抱えて笑い出した。

「お前らびっくりしすぎだよ」

右田はいつもみたいには怒り出さなかった。自分が驚いてしまったことを恥じているようだった。ぼくは腹が立った。「ふざけないでよ」と文句を言うと、高松はまた笑い出した。

屋敷が見えてくると誰も何も言わなくなった。庭は荒れたままだ。

「何か聞こえる」右田はいつも耳がいい。ぼくたちも耳を澄《す》ました。

「あ」微《かす》かに音楽が聞こえた。

「ほんとだ」高松にもわかったらしい。

音楽は屋敷の中から聞こえてくるようだった。「嘘だろ」高松は信じられないようで、気味の悪そうな顔をした。

「怖いんだろう」すかさず右田がからかった。

「へえ、怖いの」ぼくも言ってやった。さっきのお返しだ。

高松は「怖いわけないだろう」とぼくを睨んだ。でも、まるで迫力《はくりょく》がない。

「行ってみるか」右田が先に立った。高松は動こうとしない。ぼくは、へえ、と思った。本当に怖がっているらしい。

「よし行こう」ぼくも言うと、高松はひとりで置いて行かれるのが嫌なのか、しぶしぶついて来た。ぼくも怖かったはずなのに、高松のお陰でそれほどでもなくなった。普段とは正反対に気の弱くなった高松を見るのは、なんだか愉快《ゆかい》だった。

振り返って「大丈夫?」と声を掛けると、弱々しい声で「まあな」と応えた。

屋敷に近づいてみても、音楽の聞こえ方はほとんど変わらない。それはなんだか奇妙な聞こえ方だった。

右田は写真を撮りながら進んで行く。ほとんど怖がる様子はない。立ち止まり、屋敷を指差した。

さっきまで三人とも気がつかなかったのが不思議なのだけれど、二階の窓がひとつだけ開いていた。それ以外の窓は今までどおり、外側から木の板でふさがれていた。

「あそこにいるんだ」右田は、ぼくと高松を順に見て言った。

玄関へまわった。ここも板が外されていた。レンガ造りのポーチに上がり、はじめて見る古い重厚《じゅうこう》な玄関扉の前に立つと、右田がドアノブを握《にぎ》った。鍵が掛かっているようで、「開かない」と言った。

「今日はここまでにしようぜ」と高松が言ったけれど、いつものような説得力はまったく感じられなかった。

「もう限界なら、無理しなくていいよ。おれひとりでも行くから」右田はそう言った。

「ドアをノックしてみようよ」とぼくが言うと、高松は溜《た》め息をついた。

右田がドアを叩いた。重く鈍《にぶ》い音がする。屋敷はしんと静まり返っていて、逃げ出したくなるような緊張感があった。いつの間にか、さっきまで聞こえていた音楽はなくなっていた。

右田がもう一度、ドアを叩いた。玄関で幽霊を呼び出すなんてあまり聞いたことがない。

「最後な」と三回目をいちばん強く叩いた。ドアを強く蹴《け》りもした。しばらく待ってもなんの応答もなかった。

諦め切れない右田がドアノブに手を掛けた。すると、今度はまるで浮き上がるようにドアが開いた。右田が驚いた顔でぼくたちを見た。「おかしいな。さっきは確かに鍵が掛かっていたはずなのに」

高松はまた溜め息をついた。いつの間にか、ぼくの腕を摑《つか》んでいる。右田は「入るしかないでしょう」と軽い口調で言った。

屋敷の中は真っ暗だったから、玄関のドアを開け放しておくことにした。中は湿気《しけ》っていてカビ臭かった。暗くてよく見えないけれど、想像していたよりも荒れていなかった。手を入れたらまだ充分に使えそうだ。古い建物ってどれもそうなのだろうか。今の時代の建物よりも丁寧《ていねい》に造られているような気がする。

広い玄関から長い廊下へと進んだ。階段の所まで来ると、玄関からの光はほとんど届かなかった。ぼくは先頭の右田の肩につかまり、高松はぼくの腕を摑んだままだった。

「ライトを持ってくればよかったな」右田が言った。「あ、フラッシュがあるか」そう言ってカメラを出した。

シャターの音と同時に一瞬、辺りが浮かび上がった。階段の高さがわかった。「上に行ってみるよな」右田は何度もフラッシュを光らせながら、一段ずつゆっくりと階段を上り始めた。窓の開いていた部屋は二階だ。

階段の壁に額入りの絵がいくつも飾《かざ》られてある。「うわっ」右田もぼくたちも思わず声を上げたのは、女の子が描《えが》かれている絵があったからだ。

「ちぇっ、びっくりさせるなよ」右田は言った。ぼくは、光の入らない場所に何十年間も閉じ込められている絵の中の女の子に同情した。そんなことは、ふたりには話さなかったけれど。

ようやく踊《おど》り場まで来た。折り返すようにしてさらに階段が二階へつづく。

繰り返されるフラッシュの途中で高松が「ん?」と声を上げた。

「なんだよ」フラッシュを光らせながら右田が訊いた。

「いや、階段の上に人がいたような気がしたから」

「えっ、どこに?」

フラッシュが光っても人は見えなかった。ここにも絵が飾られていたけれど、風景画ばかりだ。

「気のせいかな」高松がそう言った後、開け放してきた玄関のドアが勢いよく閉まる音が聞こえた。ぼくの腕を摑んでいた高松の手に力が入った。ぼくも息を吞《の》んだ。高松が腕を摑んだまま慌てて階段を下りようとしたから、ぼくは暗闇で階段を踏《ふ》み外してしまった。尻《しり》を強く打って踊り場までの数段を滑《すべ》り落ちた。

「痛いなあ! 何するんだよ高松!」闇の中で怒鳴ったけれど、高松の顔は見えなかった。

「急ごう！　早くここを出よう！」高松は、ぼくの腕を引っ張ってさらに階段を下りようとする。右田はフラッシュを光らせながら、ひとりで先へ進んでいた。

「右田！」ぼくは呼んだ。「右田！」もう一度呼んだ。高松の手を力ずくで離すと、「ここで待ってて！」と言って、闇の中を手探《てさぐ》りで右田を追った。

高松の「待てよ！　おい、根津！　待てってば！」という声は無視した。ぼくをネジと呼ばないことには、すぐには気がつかなかった。

階段を上りきって二階へ行くと、右田はぼくを待っていたらしかった。「あっちだよな」窓の開いていた部屋を目指し、フラッシュを光らせながら廊下を進んだ。

「あいつは？」

「階段の途中にいるよ。そこで待つように言っておいた」

「泣いてたか？」

「いや。泣いてはいないと思う」

「あいつ、昔からちょっと怖い思いをすると、すぐ泣くんだ」

「大丈夫かな」高松が泣くなんて想像もつかなかった。

「まあ、大丈夫だろう」

右田は、本当はすごい大物になるやつなのかもしれないな、とぼくは思った。

「おれ幽霊は怖くないよ。だって、この世界に存在しているものだからさ。きっと、おれたちに大事なことを伝えようとしてるんだよ。写真に撮る前からそう思ってた。おれはそれをキャッチしてやりたいんだ」

フラッシュが光るたびに辺りが浮かび上がる。時代を感じさせる天井《てんじょう》の照明器具や、草花の描かれた壁紙。なんだか自分の脳裏《のうり》に古い写真の残像が焼き付けられていくような感じだ。戦争の時にこの町で唯一《ゆいいつ》焼かれずに残った建物がこの屋敷だという話も聞いたことがある。この屋敷だけは時が止まっているのだ。

「ここはタイムカプセルだね」駄菓子屋のおばさんの言葉を思い出して、そう言ってみると、自分が落ち着いてきていることがわかった。

「あ、そうか。幽霊もタイムカプセルなのかもしれない」ぼくの言葉を聞いて右田はそんな考えを持ったようだ。「怨《うら》みなり、無念なり、警告なり、過去の何か訴えるべきものを抱えてこの世界に居つづける幽霊は、いつか開けられるその日をじっと待っているタイムカプセルと同じかもな」と言った。

ぼくもタイムカプセルに入れたい言葉があるなと思った。もしも自分が今死んだとしたら、その言葉を抱えたタイムカプセルになるだろう。誰かに開けてもらうことができるまで、いつまでも漂いつづける。

「右田、ぼくも、幽霊ってあんまり怖くなくなってきたかも」そう言った。

「へえ、本当かよ。それはよかった」

その時、背後から手が伸びてきて、ぼくは絶叫《ぜっきょう》した。そんなぼくに驚いてさすがの右田も声を上げた。

「おれだよ」

高松だった。いつの間にか追いついて来た。

「びっくりさせるなよ」あんまり驚いたから、ぼくも右田も本気で抗議をした。高松はひとりで置いて行かれたことに文句を言ったけれど、ぼくたちの勢いに負けて詫《わ》びた。

ぼくも本当は、高松を置き去りにしたことは悪かったかなと、少し心に引っかかってはいたから、「いや、いいんだよ。こっちこそごめん」と、すぐに謝《あやま》った。

高松はもうずいぶんと落ち着いていた。暗くてよく見えなかったけれど、その声や呼吸の感じだけでも、いつもの高松に戻っていることが感じられた。どんな状況《じょうきょう》でも自分をコントロールするのが、ぼくや右田なんかよりも上手《じょうず》なのかもしれない。

「タイムカプセルの話、面白いな」

「聞いてたの?」

「だってフラッシュの光とお前らの話し声だけを頼りにここまで来たんだからさ。今の話で、おれも幽霊に対するイメージがちょっと変わったな」

「へえ、そうなんだ」右田の声は半分笑っていた。

「まあ、そうは言っても怖いけどな」高松は謙虚《けんきょ》に言った。

ぼくだってそうだった。幽霊をタイムカプセルに置き換えたところで、幽霊は幽霊に変わりない。タイムカプセルは怖くないけれど、幽霊は怖い。

「おれは平気だよ」右田だけがまだそう言った。あんまり怖がらないから、ぼくは、もしかしたらこいつこそ何かに憑かれているのかもしれない、と思ったくらいだ。

右田は本当に取り憑かれたように夢中でフラッシュを光らせて進んだ。「出て来い。綺《き》麗《れい》に撮ってあげるから」そんなことを言いながら。よほど心霊写真を撮りたいのだろう。

「一度見つけた獲物は逃さない」なんて、まるで狩《か》りでもしているかのようだった。鎧姿の武士の心霊写真を撮って来た時の栄光をふたたび味わいたい、という欲求に取り憑かれているのかもしれない。

廊下の奥がぼんやり白っぽく感じられた。

「ちょっとフラッシュ止めてみて」ぼくは言った。「ほら、奥、なんとなく光が入っている感じがしない?」

「ああ、なんとなく」

物語などでよく、トンネルや洞窟《どうくつ》などに閉じ込められた人たちが、一筋の光を見つけてついに脱出《だっしゅつ》するが、そんなシーンを思い出した。闇の中で光を見つけることの喜びが少しわかった。

「どうしようか」右田がはじめて迷うような態度をとった。

「なんだよ、行ってみようぜ」ずっと怖がってばかりだった高松が、ここへ来て前向きになっていた。

「あそこがさっき窓が開いていた部屋だよ。行ってみようよ」ぼくも言った。

右田はまた先頭を歩き出した。ぼくたちは身体を低くしてゆっくり一歩ずつ進んだ。ぼくは手の平に冷たい汗をたっぷりとかいていた。

高松はもうぼくにしがみつくような摑まり方はしてこない。右田は緊張しているのかシャッターを押すたびに強く息を吐《は》き出す。

突然、錆びた金属が動く耳障《みみざわ》りな音がして、廊下が明るくなった。ぼくは驚き、声を上げ、尻餅《しりもち》をつくような体勢でその場にへたり込んでしまった。前後のふたりも同じだった。

奥の部屋のドアが勢いよく開いたのだった。さっきの玄関ドアといい、ポルターガイスト現象だと思った。いわゆる心霊現象で、誰もいないのに物が移動したり、音が鳴ったり、空間が発光したりする。

しばらくすると、ドアはゆっくりと閉じた。少し遅れて右田のフラッシュが光った。

暗闇の中で、ぼくたちはほとんど三人同時に溜め息をついた。変な虫などもいそうで、床《ゆか》に触《ふ》れているのは嫌だったのに、力が入らないし脚も腕も全身が震えていて立ち上がれなかった。それでも右田はシャッターだけは押しつづけていて、間隔《かんかく》を置いてフラッシュが光っていた。

立ち上がらなくてはいけない。そう思うのに力が入らない。もう二度とここから外の世界に出られないような気さえした。闇と、フラッシュが浮かび上がらせる廊下の様子をただ呆然《ぼうぜん》と眺めていた。

廊下。闇。廊下。闇。廊下。闇。廊下。闇。廊下。闇。人？　闇。廊下。闇……。

「今、なんか見えたよな」

「見えた」

「おれも見えた」

「あれ、おかしいな。押しても光らなくなった」右田はシャッターを何度も押した。

闇。闇。闇。闇……。

ふたたびフラッシュが一度だけ光ると、すぐ近くに女が立っていて、じっと、こちらを見下ろしていた。

幽霊だ。目の前でぼくたちのことを見ている。ぼくは驚きのあまり、全身が金縛《かなしば》りのようになって動かすこともできなくて、まったく生きた心地《ここち》がしなかった。

右田はさすがで、「ぎゃっ！」と奇声《きせい》を発しながらもシャッターだけは押しつづけていた。

フラッシュはまた光らなくなった。暗闇でカチャカチャ押しつづけていると、また一度だけ光った。

今度は女の幽霊はしゃがみ込んでこちらを見ていた。少し顔がわかった。髪の長い女だ。老婆《ろうば》ではない。まだ若そうだ。

フラッシュはまた光らなくなった。暗闇の中ですぐそこに幽霊がいる。気が狂いそうな恐怖《きょうふ》だ。くっついている高松の身体から震えが伝わってきた。ぼくの鼓動も伝わっていただろう。

「あなたは誰ですか？」右田はシャッターを押しつづけながら闇に向かって尋《たず》ねた。

返事はなかった。「声は出せるのですか？　話はできますか？」つづけた。

やはり返事はなかった。「まだ、そこにいますか？」右田がそう訊くと、フラッシュが光った。さっきと同じ姿勢で女の幽霊はしゃがんでいた。夏に着るような袖《そで》のない服を着ている。

「幽霊、さん、ですよね？」

闇の中で女の幽霊が笑ったような気がした。でもぼくはその時、「幽霊さん」という呼び方について違和感を持つ余裕《よゆう》もなかった。

ふたたび部屋のドアが開いて廊下に外の光が差し込んだ。女の幽霊がこちらに背を向けて歩いて行くのが見えた。

帰りなさい。

ずっと沈黙《ちんもく》していた幽霊が、頭の中にそう語りかけてきたような気がした。ふいに身体が軽くなって、すっと立ち上がることができた。ふたりが立ち上がるのもわかった。

ぼくたちは素早く廊下を戻り階段を駆け下りた。途中で玄関のドアが開いた音が聞こえた。暗闇に目が慣れたわけでもないのに誰も階段を踏み外すことなく一気に駆け下りることができた。高松を先頭に、転がるようにして屋敷から飛び出した。

そのまま全力で走って庭を通り過ぎ、門を出て、坂を途中まで駆け下りると、まず高松が立ち止まり、右田とぼくも止まった。

「大変だ！　ふたりとも髪が真っ白になってるぞ」高松は、ぼくたちを見ると驚いてそう言った。

「お前こそ、全部白髪《しらが》だ」右田も高松にそう言った。本当だった。

「嘘だろ」高松が慌てた。

これも呪いなのだろうか。極度のストレスで一瞬にして白髪になることがあるらしい。まさか小学生で白髪だなんて。ぼくたちは両手で髪をぐしゃぐしゃにした。

右田と高松を見ると次第に黒髪に戻ってきた。高松は横分け。右田は前髪が揃《そろ》っている。ぼくは癖毛《くせげ》。

「埃を被《かぶ》ってたんだ。もう落ちたから大丈夫」ぼくが教えると、安心したのか、ふたり同時に笑顔《えがお》になった。

「しかし驚いたなあ」もう見えなくなった屋敷のほうを向いて右田が言った。

「本当に心臓が止まるかと思った」ぼくも応じた。

「いるんだな、幽霊」高松はまだ少し声を震わせながらしみじみと言った。

「あそこに棲《す》みつくつもりだぞ。すごいや。あの幽霊、おれたちだけのものにしよう」右田は懲《こ》りていないようだった。

興奮していたせいか、ぼくもそうしたいと思った。あれほど怖がっていたはずの高松もまんざらでもなさそうだ。恐怖心と好奇心《こうきしん》と独占欲《どくせんよく》がごちゃ混ぜになった奇妙な興奮があった。今までの人生でいちばん怖くて、驚いて、死ぬかと思うような経験をしたというのに。

「三人だけの秘密にしよう」ぼくたちは誓《ちか》い合った。

ふたりと別れて、家までひとりで歩いている時にも、ぼくはまだ三人でいるような気がした。それは、あまり味わったことのない感覚だった。どこか幸せな気がして、自分でもなんだかよくわからない気分だった。

＊

高松が熱を出して学校を休んだ。放課後、右田と家へ行ってみた。ぼくははじめて行ったのだけれど、坂の途中にある白い家はなんだか趣味《しゅみ》がよくて洒落《しゃれ》ていた。

右田は躊躇《ちゅうちょ》することなく門を開け、玄関へは向かわずそのまま庭を通って、一階にある部屋のひとつのガラス窓を覗《のぞ》き込んだ。

「いたいた」ぼくに教えながら窓を叩く。薄《うす》いカーテンが開いて、高松が顔を見せた。驚いた顔ですぐにガラス窓を開けた。中からテレビの音が聞こえてきた。

「大丈夫か?」右田は運動靴を脱ぐと、そこから家の中に上がり込んだ。

「ああ。休んじゃったよ」

「熱?　お邪魔します」ぼくも後につづいた。

そこは居間で、高松はソファで新聞を読みながら再放送の刑事《けいじ》ドラマを見ていたようだ。

「懐かしいなあ。前は毎日のように来てたのに、なんか不思議」家の中を見回しながら右田は言った。

高松は大人がするように「どうぞ、座って」と、ぼくにソファを勧《すす》めた。低いテーブルには食べ終えたカップ麺の容器があった。高松はそれを手にすると、「なんか飲むか？」と言って台所のほうへ行った。右田はソファには座らずにテーブルの前に胡座《あぐら》をかいた。

家の中は高松だけらしい。オレンジジュースを入れたグラスを三つ、お盆《ぼん》に載《の》せて運んで来た。

「おれが呪われていないかどうか見に来たんだろう？」

高松の想像通りだった。ぼくたちは、学校でも、ここへ来る途中にも、高松が霊に憑かれたのではないかと散々話していたのだ。万一の除霊《じょれい》のためにと、右田はビニール袋《ぶくろ》に小分けした塩をポケットに忍《しの》ばせてさえいた。

「背中がなんとなく重かったりはしないか？」右田が高松に質問した。

「いや、そんなことはないな」

「鏡に映した自分の顔がなんだか変な感じがしたりは？」ぼくも訊いた。

「ちょっと見てくる」と洗面所へ行き、戻ってくると「大丈夫だった」と言った。

右田とぼくはオレンジジュースで乾杯《かんぱい》した。高松は苦笑いだった。

「もしも本当に幽霊に取り憑かれたら、どうなるんだろう」ぼくは言った。

「別人みたいになって、言うこともやることもまったく変わるだろうな。そのまま狂っちゃう場合もあるよ」右田が自分のオカルト知識を教えた。

「除霊が必要になるだろうな」高松が付け加えた。気のせいか少し声がこわばっていた。

「そういえば、あちこちに貼ってある紙はなんなの？　前はなかったよな」右田はさっきトイレへ行ったついでに、家の中をあちこち見てまわったようだ。

「あれか。お守りだよ。親父《おやじ》が貼ったんだ」

「へえ、お守りか。お前さ、自分のお父さんのこと親父って呼んでるの？　前はパパだったのに」

高松は、「まあな」と照れた。

「おれはまだお父さんだよ。親父なんて呼んだら張り倒《たお》される。根津は？」

「ぼく？　お父さんだよ」たぶん。もう何ヶ月も顔を合わせていないから、しっくりこなかった。毎日近くにいるのに、いちばん遠いような存在。お父さんでもないし、親父でもないし、頭の中でいくつか考えてみて、その場では口に出さなかったけれど、「あの人」というのが自分にとって最も違和感のないお父さんの呼び方だとわかった。

右田は高松のお母さんのことは何も訊かなかった。

テレビでは刑事ドラマがつづいていた。

「おれ、いつも犯人が捕《つか》まらないのを期待しちゃうんだ。一度でいいからそういうのを見てみたい」高松はそんなことを言った。

「それわかる。ぼくもだよ。犯人のほうに気持ちが入ることがあるよ」

「へえ。それ、ぜんぜんわからないな」右田は不思議そうな顔で言った。

ぼくもオシッコがしたくなった。トイレを借りに奥へ行くと、「お守り」が壁や天井や窓や鏡などあちこちに貼られてあった。その数の多さに少し戸惑った。こういう家にお邪魔するのは、ぼくははじめてだった。

悪い気を入れないためというお守りの紙は、トイレの中にも貼られていた。高松は毎日、どんな気持ちで暮らしているのだろう。学校の高松からはこういうのは想像もできなかった。

居間へ戻ると、ふたりはまた屋敷の幽霊のことを話題にしていた。

「写真はどうだったの?」ぼくが話に入ると、右田は「ダメ。なんにも写ってなかった。全部真っ白」と残念そうだった。

「フラッシュがおかしくなってたのかなあ」ぼくはカメラのことはわからない。

「いや、あれは霊的エネルギーによるものだと思う。心霊パワーが写り込んだんだ」

「またまた。根津が言うようにカメラの故障だろう?」高松にそう言われると、右田は口元を歪めた。

話が落ち着くと、高松は幼い頃の自分の写真を持って来た。一緒に右田が写っていることも多く、それを三人で眺めた。このふたりがまた仲良く一緒にいられるようになったのは良いことのような気がした。人が一緒にいたり、離れたりするのはどういうことなのだろう。なんだか当たり前のことでもあるし、不思議なことでもあるような気がした。

*

約束したとおり、屋敷の幽霊のことは三人だけの秘密にした。

ぼくたちが三人で一緒にいることが多くなったことを、教室のみんなは不思議がった。なかには右田とぼくを目の前にして、「高松、こんな暗いやつらと話すのやめろよ。お前はおれたちの仲間だろう」なんて言ってくる萩原《はぎわら》や横井のような嫌なやつらもいた。

ぼくは、「おれの仲間にそんなこと言うな」なんて高松が言い返してくれることを期待したけれど、そんなことはなかった。高松はただ笑って聞いていたり、そのまま彼《かれ》らと行ってしまうのだった。

杉内先生もぼくたち三人の変化にすぐに気づいたようで、高松に「お前、なんか悩みでもあるのか?」と訊いていた。ぼくたちふたりには、何もそんなことは言ってこないのに。

高松はそういうことを面倒だと思っていたのか、態度をきめかねていたのかわからないが、あまり目立って三人一緒にいることはなくなった。だから、右田はぼくとふたりの時、そんな高松のことを非難した。

「あいつはやっぱりただのええかっこしいだ。いいよ、あんなやつ。幽霊のことは、おれたちふたりでやろう」

「確かにぼくも少しはがっかりしたけど、あれはきっと、わざとそうしてるんだよ。その証拠《しょうこ》にさ、いくら訊かれても高松は秘密のことを誰にも言っていないでしょう」高松を必要だと考えていたぼくは、熱心に右田をなだめた。そのうちに右田も納得はしたようだった。

高松は高松で、三人になると気まずそうにした。

ぼくはといえば、とにかく三人で秘密を守れるならそれでいいと思っていた。ふたりはぼくのことを「根津は大人だよな」と言った。ぼくは、ふたりのほうが大人だと思っていたのに。ぼくは三人でいることを大切にしたかった。屋敷へは三人で行くべきだと思って、そのことにはこだわった。

「前みたいにひとりで幽霊に出くわすのが怖いんだろう」右田がぼくをからかうと、高松も笑った。「わかった、わかった。絶対に三人で行こう。塾がない日に行こう」

ふたりは塾に通っていた。それぞれ違う塾に行っていたから、三人が揃う日は週に三日程度だった。ぼくはすぐにも行きたかったのだけれど、もう一度幽霊屋敷へ行けたのは、一週間近くも経ってからだった。

*

屋敷はすべての窓から板が外されていた。すべてあの幽霊の仕業なのだろうか。窓は鍵が掛かっていて、カーテンで中を覗くこともできなかった。

玄関のドアノブを回してみたけれど、鍵が掛かっていてこの前のようには開かなかった。

「なんだよ、せっかく来たのに」

中にこの前の幽霊がいるはずだという考えは揺るがなかったけれど、仕方なく出直すことにした。

がっかりしながら坂を歩いていると、下のほうから買い物袋を持った女の人が歩いて来るのに気がついた。

「寒くないのかな」高松が呟《つぶや》いた。女の人は袖無しの白いワンピースを着て、その上には何も羽織っていなかった。ぼくたちは相変わらず冬物の上着だ。女の人との距離が近くなってくる。髪が長くてわりと美人だ。名前は覚えていないけれど似た女優さんがいると思った。

女の人はそのまますれ違いかけて、立ち止まると「あなたがた、また来たのですね」と言った。

ぼくたちは事情がつかめなかった。この近所に住む人なのだろうか。屋敷の近くをうろうろしているのを大人に注意されることはたびたびだった。

「いいえ、ちょっと友達の家に」右田がとぼけると、女の人は「ついて来てください」と、先にたって歩き出した。

ぼくたちは立ち止まったまま、逃げるべきか、どうするべきか、小声で相談しながら女の人の後ろ姿を見ていた。

女の人は後ろを振り返らなくても、まるでぼくたちの様子をわかっているみたいだった。両手の買い物袋を片手にまとめて持つと、空いたほうの手を、早くついて来いというように何度か振った。ぼくたちは距離を保ったまま、おずおずと女の人の後について行った。

どこへ連れて行く気なのだろう。あの人の家へだろうか。坂を上り切ると見晴らしのいい一画があって、庭の広い大きな家ばかりがある。

ぼくたちの予想に反《はん》して、女の人は坂のカーブを曲がると、脇道に入り、なんと屋敷の門を入って行った。「え、なんで?」ぼくたちは囁き合った。

よくわからないままに、追いかけるようにしてぼくたちも門を入った。その時、右田が何かに気づいた。

「あれ?」

サインペンで「加村《かむら》」と手書きされた紙が、門にガムテープでしっかりと貼り付けられてあった。ついさっき通った時には三人とも気がつかなかった。

「人が住むのか?」高松が言った。

「あの女の人のわけないよね?」ぼくも言った。

「幽霊屋敷に住むなんてまともじゃないよ」右田はバッグからカメラを取り出し、幽霊かもしれないと、先を歩く女の人の後ろ姿をこっそり撮った。

高松はひとりで何か呟いていた。ぼくは、ふたりと一緒だからなのか、自分でも驚くくらい冷静でいられた。

女の人は雑木林の小径を抜けて庭を通り、玄関の前に立つとなんと鍵を取り出した。金属の重たい音がした。女の人はドアを開けると、ようやくぼくたちのほうを振り向いた。

「さあ、どうぞ」

　ぼくたちが、まるで金縛りにあったように動かないでいると、「遠慮《えんりょ》しないでお入りなさい」と言った。女の人は少し待って、それでもぼくたちが動き出せないでいると、ドアを開けたままにして、ひとりで中へ入って行った。

「どうしようか」右田も高松も躊躇している。

「行こうよ」ぼくはなんだか急に好奇心と勇気が湧《わ》いてきた。もともと今日はこの前の幽霊の正体を確かめるためにここに来たのだ。それに屋敷に入るのだってはじめてではない。

「行こうよ」ぼくがもう一度言うと、ふたりはようやく動き出した。ぼくが先に立つのは珍しいことだった。

　屋敷の中は外の光が入っていた。まだ少しカビ臭さは残っていたけれど、だいぶましになっていた。あらためて見ると壁や天井の感じや、窓やドアノブや照明器具など目に入るものすべてが古いもので、タイムスリップしたような気分になった。

　奥から女の人が来て、「こちらでお茶をいただきましょう」と、ぼくたちを応接室に案内すると、また奥へ戻った。

　昔の外国の家にあるようなソファとテーブルが置いてあった。高松が「アンティーク屋で買ったら結構するな」と言った。ソファには大きなタオルが掛けてあった。木のテーブルの上に埃は積もっていない。床もきちんと掃除《そうじ》されていた。ぼくたちはやはり気味が悪くて、座らずに部屋の中をうろうろした。火はないけれど暖炉《だんろ》があって「はじめて本物を見た」と右田が中を覗き込んだ。窓からは庭と雑木林が見える。

女の人が芳《こう》ばしい香《かお》りとともに入って来た。「紅茶を淹《い》れましたよ」

紅茶の香りで部屋の不気味さが少し消えたような気がした。家で飲む紅茶はこんなに良い香りはしない。

「なかなかソファの湿気った臭いが取れないのです」掛けてある大きなタオルを見ながらそう説明した。ぼくたちはタオルの上から座った。

女の人はぼくたちと対面するように座ると、白い大きなティーポットからカップへ順に注ぎ入れた。黙ったままのぼくたちを見て時折、口元を緩《ゆる》めた。

「さあ、どうぞ」砂糖と一緒に勧めた。

砂糖を使ったのは、ぼくだけだった。すると、女の人は「わたしも」と、ひとつ入れてスプーンで溶《と》かさずそのままにした。

「遠慮しないでくださいね」と促《うなが》されて、ぼくたちはカップに口を付けた。息で冷ますだけでも香りが鼻や口に飛び込んでくる。ぼくたちが飲むのを見届けると、女の人は紅茶の香りを味わうようにして自分もひと口飲み、「三人は仲良しなのですか?」と訊いた。

なんだか変な質問だった。ぼくたちも、あなたは幽霊なのですか？　と訊きたいくらいだった。

仲良しかと訊かれて、ぼくはすぐに頷いたのに、右田と高松ときたら互《たが》いを横目で見てから、高松が先に頷くと、右田もそうした。

「お友達っていいものですよね。ひとりではできないことだって一緒ならできます。ひとりの時だってお友達のおかげで力が出せます」

ずいぶん素敵なことを言う幽霊だ。幽霊というのは怨みとか、呪いとか、そんなことしか言わないものだと思っていた。ぼくたちは黙って紅茶を飲みながら話を聞いた。話を聞きながら、女の人が幽霊なのかそうではないのか観察した。

テーブルの上には見たことがない、毛の生えた手の平くらいの大きさの植物らしきものが置かれてあった。種だという。

女の人は一方的にひとりで話すのだけれど、ぼくたちの目や態度を見ながら、しっかりと間を置いて話すから、一方的に話されている気はしなかった。幽霊なのかどうか判断はつきにくかった。やはりここに住むという。「ある方から、ここを守って欲《ほ》しいと頼まれました。空き家の管理人のようなものです」そう言った。

「わたしは、あなたがたのような子供たちと話をするのが好きなのです。ですから、沢山の子供たちをこの家に招待したいと思っています。わたしがあなたたちくらいの頃、ご近所にそんな家があったものですから。大人は子供を見守り、未来を育てなければなりませんね、どんな時代であっても」

そんなことを言う大人はなんだか新鮮《しんせん》だった。ぼくはいろいろあっていつの間にか、大人なんか好きではない、信じたくない、そういう感情ばかりを持つようになっていた。

「だけどここ幽霊屋敷だからなあ」右田が言った。

高松が「馬鹿」という顔をして睨んだ。

「なんですかそれは」

女の人に訊かれると右田は高松を見てから、けれど躊躇せずに幽霊屋敷の由来を教えた。そして、ぼくたちが女の人のことを幽霊なのではないかと疑っていることまで喋《しゃべ》ってしまった。

「まあ」女の人は言ったきり、表情を曇らせてしばらく黙ってしまった。

ぼくはハラハラした。幽霊なんて言われたらショックだろう。でも、本当はどうなのだろう。幽霊なのだろうか。知りたかった。

「幽霊屋敷ですか、それは面白いですね」女の人は急に明るい顔になった。「ということは、わたしは幽霊屋敷に住みついた幽霊、ということですね。それほど間違いでもないし、これは使えるかもしれません。いいことを教えてくれました。隠し事ができない性格というのは素晴らしいものです」

結局、女の人は自分が幽霊かどうかは、否定も肯定《こうてい》もしなかった。右田はぼくたちの非難の目は無視して、女の人から褒《ほ》められて恥ずかしそうに身体をよじらせていた。

「幽霊なら子供たちだけではなくて、大人でも気になりますしね。それに何をしても、何を言っても許されそうですし、いい情報をありがとうございます。そういえばみなさんのお名前をまだ訊いていませんでしたね。教えてくれますか?」

「右田、です」

「右田、何くん?」

「清司《きよし》、右田清司」

「あなたは?」

「根津路矢」

「高松裕太《ゆうた》です」

「右田清司くんに、根津路矢くんに、高松裕太くんですね。わたしはレイチェル・カーソンといいます。今日から幽霊屋敷の幽霊です」女の人は両手を前にぶら下げてお化けのポーズをした。

レイチェル母さん？　ぼくはそう聞こえてしまい、頭にその文字を思い浮かべた。すぐに右田が「レイチェル・カーソン？　外国人なの？」と訊いたから、聞き間違いで、カーソンだとわかった。

「門の表札、加村って出てたけど」高松が訊いた。

「はい。加村と書いてカーソンと読ませます。あて字ですが」女の人は言った。

高松は「ああ」と納得したような、しないような顔で頷いた。

ぼくたちが紅茶を飲み干してしまうと、女の人は「またいらっしゃい」と、玄関まで送り出した。別れ際、右田が「写真を撮らせて欲しい」と頼んだけれど、「また今度にしましょう」と断られた。


屋敷を出ると急に寒さを感じて、部屋の中が春のように暖かかったことに気がついた。そういえば屋敷の中では土埃も気にならなかった。三人とも背中を丸めて上着の前を首元まで閉じた。すぐに寒さで耳たぶが痛くなった。

誰もすぐには女の人のことを話さなかった。きっと自分の頭の中で整理がつかなかったからだろう。

「もうとっくに春だっていうのになんだよな、この寒さ」高松が言った。

「ほんとだよな」

「走って帰ろうよ」

ひとり方向の違う高松は別れ際、「久しぶりに面白くなってきた。シェルターはしばらく中止にしよう。女の人のことは三人の秘密な」と言って手を出した。

ぼくたちは黙って走り出した。

ぼくたちは「おう」と、その手を叩いて別れた。

ふたりになると右田は、「あいつ、いいやつだろう?」と高松のことを言った。

「うん。前は何を考えているかわからなくて、もっと冷たいやつかと思ってた」

ふたりが幼馴染みと知るまでは、高松のことを悪くばかり言うから、右田らしい僻《ひが》みとコンプレックスから、大嫌いなのだろうと思っていた。

「右田だっていいやつだよ」ぼくは言った。

「え? そんなことないよ。おれなんかひねくれた嫌なやつだよ」照れを隠そうとそんなことを言う右田を見て、いいやつだと思った。

郵便局のある歩道橋の所で右田と別れる時、「幽霊じゃなかったけど幽霊だったね」とぼくが言うと、「いや、おれはまだ幽霊っていう可能性は捨ててないぜ」と応えた。

「右田は人に左右されないね」

「頭固《かた》いからな」

ぼくと別れると、右田はうまく吹《ふ》けない口笛を吹き始めた。息が漏《も》れている下手《へた》くそな口笛がしばらく聞こえた。

ぼくはひとりで歩きながら、高松の「久しぶりに面白くなってきた」という言葉を思い出して、自分もそうだと思った。不思議なあの女の人は何をしに来たのだろう。何を企《たくら》んでいるのだろう。疑問は膨《ふく》らんだ。

＊

誰もいない家に帰ると、いつものように湿気って土埃のついた洗濯物を取り込んでから、米を炊いた。でも、すべてがいつものようではなかった。

なんだか興奮していて、ご飯が炊ける時のあの臭いでさえあまり気にならなかった。洗濯物を取り込んだままにせず、畳《たた》んでもみた。普段は飲まない紅茶をわざわざ探して飲んでみたくなった。お母さんが買ったまま、とっくに賞味期限切れになっているティーバッグの紅茶はあまり香りがしなかった。

味気ない紅茶を飲みながら、ふいにぼくは、お母さんのことも、お父さんのことも、もう考えたくないと思った。なんだかこのまま自分が幽霊になってしまうような気がして怖くなった。いつかここから抜け出そうと思った。

＊

休み時間のたびに、右田と高松がぼくの席に集まるようになった。高松はもう周りを気にすることをやめたらしく、堂々とぼくたちと付き合ったから右田は満足そうだった。

高松が動くと、クラスのみんなの目や気分なども、それに合わせて動くのだということがわかって驚いた。ぼくもきっと、知らず知らずそうしていたのだろう。高松の側から見てみるとそういうことがよくわかった。そういう自分の影響《えいきょう》というものを当の高松は気づいているのだろうか。

高松の効果というのだろうか。右田やぼくにさえ関心が示されるようになった。ぼくたち三人が何かを企んでいて、それがいったいなんなのかということをクラスの多くが知りたがった。「お前ら最近、こそこそと何してるんだ?」とか、「おれも入れてくれよ」とか、仲間になりたがる声も多くなった。

右田は周囲のあからさまな態度の変化に「差別だ」と腹を立てながらも、再び注目されることは念願でもあったようで複雑そうだった。ぼくはもともと授業中に杉内先生から「ネジ」とネタにされる以外には、めったに注目されることはなかったから少し戸惑った。

高松も右田もぼくも、誰から訊かれても三人の秘密を守り通すつもりだった。ところが、女子のグループにまでいろいろ訊かれるようになると、とうとう右田が我慢できなくなってしまったようだった。

「ちゃんと他のみんなには言うなって、口止めしたんだよ、おれ」右田は言い訳をしたけれど、「そんなの守るやつがいるかよ」と高松は呆れた。

その女子のグループには三谷原《みやはら》という女の子がいて、おそらく右田はその子のことが好きなのだ。「おれは、そんな男ではない」と必死に否定したけれど、右田の顔は真っ赤だった。

すぐにクラスの何人かが学校が終わったら幽霊を見に行こうと盛り上がった。ぼくは、まだ右田を責める高松をなだめて、「伝えたほうがよくないかな。レイチェルさんに、礼《れい》儀《ぎ》として」と言った。

「それはそうだな。でも学校が終わってからだと間に合わないな」高松が言った。

「早退しちゃおうか」申し訳なさそうにしていた右田も話に入ってきた。

「三人いっぺんに早退したらマズイだろ。すぐ先生にわかっちゃうし」

「ここは誰かひとりが行くしかないな」

「そうだね」ぼくも同意した。

「くじ引きにするか」高松は机の中からいらない紙を出すと、アミダくじを作った。

ハズレを引いたのはぼくだった。ふたりは「違うよ、それはアタリだよ」と言った。

「急にお腹が痛くなって帰りましたって言っておくよ」高松がそう言うと、右田も「言っておく」とぼくの肩を叩いた。お前のお喋りな性格のせいではないか、と言ってやりたかった。

休み時間のうちに行けと、ふたりにカバンを持たされて教室から押し出された。

廊下や階段にいる子たちの間を、ぼくは一応、お腹が痛そうに身体を丸くして、こそこそと通り過ぎた。杉内先生と鉢合《はちあ》わせしてしまわないかとハラハラした。この前のスコップといい、最近のぼくときたら泥棒《どろぼう》のようなことばかりしている。


うまく学校を出ることに成功すると全身が軽くなった。胃のあたりが緊張したまま硬くなっているような感覚が残った。そのまま丘へ向かうことにした。

教室にいるはずの時間に町を歩くのは不思議な感じだ。町が広く感じられる。寒さは相変わらずでやはり蝶は一匹《いっぴき》も見かけない。空はいつものように茶色っぽくくすんでいて、埃っぽく乾《かわ》いた風が吹いている。土を運ぶダンプカーが通り過ぎた。

あの人はいるだろうか。じつは学校を出る前からその考えが頭から離れなかった。もしかしたら、あれきりどこかへ消えていてもおかしくはないようにも思われた。

ぼくが屋敷へ行ってみると、元のように門には表札もなく鉄条網が巻かれていて、玄関にも窓にも木の板が頑丈《がんじょう》に打ちつけられてある。それでぼくは慌てて学校へ戻る。すると高松は以前の高松に戻っていて、ぼくなんかには話しかける隙《すき》さえも与えないのだ。

そんなことがないとも言えないような気がしてしまう。ぼくにとってこの世界とは、いつも不確かなものだった。

坂を上り、大きなカーブを曲がった。屋敷の入り口だ。

よかった。門は開いていた。表札も貼られたままだった。小径を急いで抜けた。屋敷の窓はすべて開いていた。ぼくは玄関まで走り、勢いよくドアを叩いた。

少し待つとドアが開いてレイチェルさんが顔を見せた。

「あら、学校はもう終わりですか?」

ぼくはそれには応えずに、「ちょっと謝らないといけない大変なことがあって」と言った。

レイチェルさんはぼくを屋敷の中に招き入れた。

この前と同じ部屋に通されて、レイチェルさんと向き合ってソファに座った。

やはり屋敷の中は暖かい。なんだか香ばしい匂いがした。

「学校を抜け出してまで来てくれるなんて、どんな大変なことでしょう」興味深そうに言った。

ぼくは、学校でのことをできるだけ正確に話し、放課後になればみんながここへ押し掛けるであろうことを伝え、迷惑を詫びた。

レイチェルさんは黙ってぼくの話を聞いてから、「では、わたしはちょっとした有名人ということですね」と言った。

「ごめんなさい」もう一度詫びた。

「いいのですよ。もともとそういうつもりでしたから」と言うと、ぼくを安心させるかのようにゆっくりと微笑んだ。「そうと聞いたら幽霊として、おもてなしの準備をしておかなければなりませんね」

怒られることを覚悟《かくご》していたのに意外だった。そういうつもりだったとは、どういうつもりなのだ。ぼくの頭の中は謎《なぞ》だらけになった。この人はいったい何者なのだろう。

「もうすぐお昼ですね。お腹が空いたでしょう。今スープを火にかけているところです。飲んで行きませんか」断る隙のない言い方だった。

「すぐにできますから」と、部屋から出て行った。

待っている間に部屋の中を見た。暮らし始めたばかりだからだろう。物は多くない。テーブルの上にはこの前と同じ毛が生えた大きな種が置いてある。他にも不思議な形をした種が飾られてある。自然が好きらしく、部屋のあちこちに貝殻《かいがら》が置かれ、蝶や鳥の写真が飾られてあった。

暖炉の上の壁にかけられた油絵はもともとあったものだろう。階段にあった絵と同じ白い服の少女がモデルだ。もしかしたら自殺した女の子なのかもしれない。それにしても絵の多い家だ。いくら頼まれて住んでいるといっても、他人の絵をそのままにして気味が悪くはないのだろうか。

外国人女性の写真を飾った小さな写真立てを見つけた。モノクロで、緩やかに波打つ髪を短くまとめた四十代くらいの女の人が微笑んでいた。窪《くぼ》んだ目は優しくて力強い。まっすぐにこちらを見ていて、固く閉じられた口元からは強い意志を感じる。服装からするとずいぶん昔の写真だろう。もともと屋敷にあったものなのか、それともレイチェルさんが持ち込んだものなのか、ぼくにはわからなかった。

「それは、かつてのわたしです」背後で声がして、ぼくは慌てて写真立てを置いた。

音も立てず、いつの間にかレイチェルさんが部屋に戻っていた。両手で持ったお盆に、湯気の立つスープを載せていた。

写真は明らかに西洋人で、レイチェルさんは明らかに東洋人だから、同じ人物であるはずがない。そもそも時代だって違いすぎる。なぜそんな嘘を言うのだろう。

「不思議そうな顔をしていますね」そう言うと、ふふふ、と笑った。「今のわたしはその人の生まれ変わりなのです。その写真のわたしは、アメリカで生物学者として生きていました」

「生まれ変わり?」

じつは、生まれ変わりの事象は、そんなに珍しいことではない。世界中で沢山の報告があることをぼくはオカルト雑誌や本などで知っていた。でも、本物に会ったのははじめてだったたから驚いた。

ぼくはもう一度、写真の中の女の人を見た。レイチェルさんと似たところは見つけられなかった。

「ということは、この人がレイチェル、えーと」ぼくは、母さん、と一度思い出してから「カーソンさん?」と言った。

「そうです。よくフルネームで覚えましたね」

ぼくは、母さん、と覚えていたことは教えなかった。

「別に信じていただけなくてもかまいません。さあ、いただきましょうか」レイチェルさんはテーブルの上に、ぼくと自分のぶんのスープを静かに並べた。

木の皿に入ったスープは赤くて具がいろいろ入っている。木のスプーンを渡《わた》された。飲むというより食べるというほうが近いスープだ。

人に作ってもらった家庭料理を食べるのは、ずいぶん久しぶりだった。ぼくはそのことを見抜かれてしまうのではないかと心配した。スプーンの使い方や、口の動かし方が、いつも家族と一緒に当たり前に食事をしている子供に見えるように神経を集中させた。そのせいで味もわからなかったかというと、そんなことはなかった。

スープにはキノコやゼンマイや他にも名前のわからない草や実などが入っていた。「この裏の森で採ってきたものです」と教えられた。ちょっと土臭かったり、青臭かったりもしたけれど、そこが美味しい不思議なスープだった。飲み込むたびに全身の細胞《さいぼう》が目覚めて身体が強くなるような気がする。

「少しだけでもこんなに主張してくるのです。本来、自然は力強いものだったはずなのです。今の世界ではそういう自然の力が弱くなっていますね」ひと口ずつゆっくりと味わいながらレイチェルさんは話した。「ここの森は守られたようです。幽霊屋敷と呼ばれてきたのも、もしかすると何か特別な力が働いたのかもしれません。ここの自然だけは永遠なのかもしれませんね」

ぼくはレイチェルさんの不思議な話を聞きながら、スープを飲み干した。身体をポカポカさせてスプーンを置いた。「ふう。美味しかった」思わず溜め息が出た。

「ふふふ。幽霊のスープですよ。これを飲んだからには、あなたの人生は大きく変わってしまうかもしれません」レイチェルさんは、白くて細くて長い人差し指をぼくに向けて、笑った。

ぼくのお腹の中で、飲んだばかりのスープがぐるりぐるりと回った。

「いいですか。もしもこの先、あなたが本当のことがわからなくなったり、本当のことが知りたくなったりしたら、このことを覚えておいてください。この世界では、自然だけが永遠なのです。そのことをわかっているだけで、大きく道に迷ってしまうということはなくなるはずですから」

本当のこと、自然、永遠。レイチェルさんの言葉は、ぼくには魔法《まほう》の呪文《じゅもん》のように聞こえた。

「さっき、ここは守られたって……」

「言いました」

「どういうこと?」

「簡易的にですが、わたしが土壌《どじょう》を調べてみたところ、どのような地理的な条件があったのかはわからないですが、この屋敷の周りの自然が百年前と変わらず、あらゆる化学的な汚染《おせん》を逃れた状態で今もそのままあるということがわかりました。ここの土や植物や生き物はまるで時が止まっているかのようにとても無垢《むく》。この建物も百年以上前の物ですし、まるで奇跡《きせき》のような場所です」

レイチェルさんの話し方は確かに学者のようでもあった。化学薬品や放射性物質などにより、今では世界中の自然環境《かんきょう》が多かれ少なかれ汚染されてしまっているという。自然界から見ればこの百年で世界はまったく違うものになってしまったのだ。それでぼくは、蝶のことを話してみる気になった。

「じつは気になっていることがあって。それは春になったのにまだ一匹の蝶も見ていないことで、そのことを町のみんなは気にしていないのか、気づかないのか、とにかく話題にもならなくて」

レイチェルさんは何度も頷きながら聞いていた。レイチェルさんの気持ちがぼくに近づいたような気がした。

「蝶のことはわたしもすぐに気がつきました。この町の人たちは、小さな変化に鈍くなっているのかもしれません。でも、あなたは気づきました。わたしはあなたのような人と沢山話したいと思っています。ですから、幽霊屋敷の幽霊という話に乗ってみようと思っているのです。さあ、そろそろみなさんをお迎《むか》えする準備をしなければ」

どんな準備をするのかは教えてくれなかった。これから大急ぎで考えるという。ぼくがグズグズしていると、「下校時間になれば、みなさんと鉢合わせをして気まずいのではありませんか」と言った。

その通りなので帰ることにした。それに、右田と高松にも早く報告したかった。幽霊屋敷が特別な場所だったなんて知ったら、ふたりとも興奮するに違いない。それより何より、レイチェルさんが昔の外国の生物学者の生まれ変わりだと知ったら、興味を持たないはずがない。

＊

ふたりは、学校が終わるとぼくの家に集まって来た。先に着いたのは高松だった。右田が書いた地図を手にしていた。ぼくが早退したことは特に疑われることはなかったようで安心した。

少し遅れて右田もやって来た。そもそもの発端《ほったん》を作ったお喋りの右田は、申し訳なさそうに「どうだった?」と様子を訊いてきた。

「怒られはしなかった。この前も言ってたけど、幽霊屋敷の幽霊としてみんなをお迎えしますって」

「ふうん」

「それよりさ、すごいこと聞いたよ」ぼくは一気に説明した。レイチェルさんが昔アメリカにいた生物学者の生まれ変わりだということ。幽霊屋敷の周りの自然が百年前と同じでほとんど汚染されていないこと。ふたりは、目を大きく見開いて話を聞いた。

「ありえる話だな」もともと不思議な話に寛容《かんよう》でオカルト全般《ぜんぱん》に詳《くわ》しい右田は「おれは信じる」と言った。そして隣の高松を見た。

高松は信じるとも信じないとも言わずに、「まずはその学者のことから調べてみないか？」と、ぼくたちのやるべきことを整理した。

「辞書とか百科事典とか持ってるか」高松に訊かれて、ぼくは自分の部屋から国語辞典と生物図鑑《ずかん》を持って来た。他にはオカルトの本くらいしか持っていない。

高松は慣れた様子で国語辞典を開いた。「レイチェル、えーと」

ぼくはやはり一度、母さん、と思い出してから「カーソン」と教えた。

ぼくたちは互いの顔をくっつけるようにして辞典に見入った。

「これには載ってないな。大人用の辞書ないか？」

ぼくはお父さんの部屋から分厚くて重たくて大きな辞書を見つけて来た。高松は指を舐《な》めてからページをめくり、すぐに見つけた。

「レイチェル・カーソン。これだ。すごい、本当にいたよ」高松は辞書に書いてあることを読み上げた。

「えーと、一九〇七年から一九六四年。アメリカの女性海洋生物学者、作家。農薬などの化学薬品による環境汚染にいち早く警鐘《けいしょう》を鳴らした『沈黙の春』は、世界に大きな衝撃《しょうげき》を与《あた》えた。他に海洋生物の生態を描いた『われらをめぐる海』など。だって」

「よくわからないけど、すごい人なんだな」右田はそんな感想だった。

「さっきも環境汚染とかそんなことを熱心に話してたよ」ぼくは教えた。

「なるほど。それで今の時代に蘇《よみがえ》ってきたっていうのか。昔と比べたら今の地球なんかゴミ溜めみたいなものかもな」高松は考え込むような顔をした。

「人類のために警告に現れたんだ」右田がオカルト好きらしく言うと、「また大袈裟《おおげさ》な」と高松は笑ったけれど、右田は真剣《しんけん》だった。

高松は笑うのをやめた。それでも、「単なる頭がおかしい人かもしれないだろう」とは言った。それに対して右田もぼくも何も言わなかった。

ぼくは、レイチェルさんが幽霊だろうが、生まれ変わりだろうが、頭のおかしい人だろうが、どうでもいいような気がした。ぼくのなかでは直感的に納得できていた。蝶のことを話し合えたことも大きかったと思う。

そろそろ学校から何人かが屋敷へ向かっている頃だった。レイチェルさんはどんな「幽霊の準備」をしたのだろう。

ふたりが帰った後、ぼくは辞書のさっきのページを開いてみた。

五十六歳《さい》で死んだのか。今では地球が人間の手によって汚染されていることは、ぼくみたいな子供でも知っている。でも最初は誰も気づかなかった。レイチェル・カーソンという人は辞書にも載っているくらいだから有名な人なのだろう。それなのに名前も聞いたことがなかった。図書室にある偉人伝《いじんでん》シリーズにも入っていないし、学校のみんなもほとんど知らないだろう。

有害物質による空気、土、水などの自然環境の悪化。大気汚染、オゾン層破壊《はかい》など。現代の環境汚染の深刻さを天国のレイチェル・カーソンさんが知ったら、それは化けて出たくもなるだろう。

ぼくは、家の中に入り込み降り積もっている土埃を久しぶりに嫌だなと思った。そういう気持ちを思い出したというほうが正しいかもしれない。かつてお母さんは「心や頭の中にまで積もってくるような気がして嫌だ」と言っていた。

お母さんがあんなに嫌がっていた土埃を、ぼくはどうしていつの間にか平気になんかなっていたのだろう。ぼくは、土埃にまみれているうちに、心もなんだかパサパサ、ジャリジャリ、してきているのかもしれない。

辞書にもあったこのレイチェル・カーソンという人物と、幽霊屋敷のレイチェルさん。ぼくは、このふたりのレイチェルさんのことを、もっと知りたいと思った。

＊

朝の教室はいつもより騒々《そうぞう》しかった。右田も高松もまだ登校していない。ぼくはレイチェルさんがどうしたのか気になって、いつもより早く家を出たのだった。

ぼくに気づくと何人か集まって来た。「ネジ、行って来たぞ。幽霊屋敷」声の大きな前島が、桜井《さくらい》と山下を連れて話しかけてきた。「いたよ、真っ白なお化けが。最初に見た時は息が止まるくらいびっくりした。あれいったいなんなんだ？ 化け物だな」

真っ白だって？ 確かにいつも白い服を着ているけれど。レイチェルさんはきっと何か仕掛けたのだろう。思わず口元が緩んだ。

「何がおかしいんだよ」前島は口を尖らせた。

「いや、ごめん。真っ白だって？」

「ああ。とにかく顔が真っ白なんだ。何かをべっとり塗ったみたいでさ。その顔で屋敷から出て来て、中でスープ飲んでいけって繰り返し言うんだ。おれたち走って逃げて来たけど、今思い出してもゾッとするよ」

あんなに美味しいスープ、怖がらないで飲んでくればよかったのに、と思いながら聞いた。

「もしあのまま捕まっていたら、きっとおれたちがスープにされてたよ」桜井が言うと、前島は本心からだろう、「ほんと危なかったよな」と言った。

「子供をおびき寄せて、みんなスープにしちゃうつもりなんだ、あの化け物は」山下がそう言うと、周りで話を聞いていた子たちは顔をしかめたり、溜め息をついたりした。ぼくは、そんなことがあるものかよ、と思った。

そのうちに高松が登校して来て、すぐに右田も姿を見せた。前島たちは同じ話をふたりにもした。高松も右田も、やはり白い顔は意外だったようで、ぼくを見た。

集まってくる子たちも増えてきて、前島たちの話はさっきよりも一段と大袈裟に語られた。スープにされるのは怖いけれど、その化け物は見てみたい。聞いているみんながそんな気持ちになっていくようだった。レイチェルさんの思惑《おもわく》がわかった気がした。

レイチェルさんはこれからいったいどんなことをしようとしているのだろう。ぼくは期待とともに、少し心配な気持ちもあった。あまりみんなを怖がらせてしまって、本当に化け物になって敵対してしまうと大変だ。子供は残酷《ざんこく》だからやっつけるとなったら容赦《ようしゃ》はしない。石だって投げるし屋敷だって滅茶苦茶《めちゃくちゃ》にする。子供だけではない。大人だってそうだ。

ぼくはいざとなれば自分が間に入ってなんとかしようと覚悟をした。その時にはもちろん右田と高松にも助けてもらう。ぼくたちをこんなにも騒がせてしまうレイチェルさんとは本当に何者なのだろう。やはりこの世の人ではないのだろうか。

＊

休み時間のたびに教室は幽霊屋敷の白いお化けの話で持ち切りだった。毎日、何人かが出掛けては恐怖体験を持ち帰った。みんなが幽霊屋敷へ行くようになったから、ぼくたち三人はしばらく屋敷へ近づくことを控えることにした。

幽霊屋敷で白い顔の化け物が子供を捕《と》らえてスープにする。というショッキングな噂《うわさ》は学校中に広がっていた。低学年の子などは恐怖から外出を嫌がる子も出てきた。さすがにちょっとまずいかなと思っていたら、ぼくたち三人は杉内先生に呼び出されてしまった。

職員室へ行くと、そのまま隣の校長室へ連れて行かれた。ぼくは校長室に入るのははじめてだった。壁には旗や賞状などが飾られてある。校長先生は応接用のソファに座り、杉内先生はその向かいに座った。ぼくたちは立ったたままでいた。

「この子たちです」杉内先生は言った。「そうですか」校長先生はじっとぼくたちの顔を見た。

「なんですか?」右田が不愉快そうに言った。相手が誰であろうと萎縮《いしゅく》せず自分の感情を表に出せることに感心する。

「休み時間に呼び出して悪かったね。君たちだね、お化けがどうのという噂を広めているのは。怖がる子供も多いから、もうこのくらいでやめにしなさいよ。父兄からの相談も多くてね。丘の屋敷へ行く子も多いようだけれど、あそこはずっと廃墟《はいきょ》だからね、何か事故やトラブルに見舞《みま》われたりしたら取り返しがつかない」

杉内先生は校長先生の言葉にいちいち頷いている。どうやら先生たちはまだ、屋敷に人が住み始めたことは知らないらしい。白いお化けの話をぼくたちが考えた作り話だと思っているようだったから、ぼくはそのままにしておけばいいと思った。そうすれば先生たちが屋敷へ行くこともないし、レイチェルさんに迷惑がかかることもない。

「校長先生、よくわかりました。ぼくたち、もうふざけてつまらない噂を広めるのはやめます」ぼくはきっぱりとそう言った。応えたのがぼくだったことに杉内先生が驚いているのはその顔を見てわかった。校長先生は満足そうに頷いた。

話が済んでぼくたちが退出しようとした時、最後まで何も言わなかった高松に対して校長先生が、「高松君は背が伸びたな。お兄さんに似てきたね」と声を掛けた。

高松は照れ笑いをしてから「失礼します」と頭を下げて校長室を出た。

廊下に出るとすぐに右田が「なあ、校長室に呼び出しなんて不良みたいだな、おれたち」得意そうに言った。「ところでさ、つちのまつりってなんだ?」

高松もぼくも知らなかった。右田によれば校長室の壁に貼ってあったらしいのだけれど、ぼくたちはまったく気がつかなかった。

教室へ戻る途中、高松はあまり話さなかった。どうかしたのかと訊くと、「いちいち兄貴と比べられるの、嫌なんだ」と、小声で言った。先を歩く右田にはたぶん聞こえなかっただろう。ぼくは、うん、とだけ応えた。高松はそれきり何も言わなかった。

高松の歳の離れたお兄さんは町では有名な秀才だった。小学生時代には模擬《もぎ》テストの成績が全国で一位になったことがあるほどだ。右田も子供の頃に遊んでもらったことがあるらしいけれど、「すぐに問題を出してくるから、あまり好きではなかった」と言っていた。高松も頭がいいけれど、そんなお兄さんといつも比べられるのはしんどいだろう。今まで知らなかった顔をした高松が隣を歩いていた。ぼくたち三人は互いにまだまだ知らない部分が沢山ある。ひとつ知ったことで、またひとつそのことがわかる。

ぼくは何か言って高松の気分を変えてやりたかったのに、何も思いつかなかった。こういう時、自分の頭の回転の悪さが嫌になる。教室へ戻るまでの廊下が長く感じられた。

＊

ぼくの隣の席の村谷という女の子が鼻血を出したのは書道の時間だった。

「あっ」という声を出したと思ったら、机の上のまだ真っ白な半紙に赤い点がぼたぼたと付いた。村谷は慌てて筆を置いて手を鼻に持っていったけれど、指の間から溢《あふ》れ出してきて、さらに半紙を赤くした。あんなに沢山の鼻血はあまり見たことがなかった。村谷自身も驚いて動揺しているのがわかった。今にも泣き出しそうだった。

「先生！　先生！」ぼくは慌てて杉内先生を呼んだ。村谷の鼻血にみんなが気づくと教室は騒然《そうぜん》となった。半紙はもう真っ赤だった。

杉内先生が自分のハンカチを村谷に渡して顔に当てがわせた。保健係の安永《やすなが》という女の子も付き添《そ》わせて三人で保健室へ行った。

何が起こったのだろうか。突然のことに教室は軽いパニック状態になった。大量の血を見てしまったショックで泣き出してしまう女子もいた。

誰かが「幽霊屋敷の白いお化けの祟りではないか」と言い出した。村谷は何日か前に屋敷へ行っていたから、みんなは大騒ぎになった。ぼくは「まさか」と言ったけれど、教室のざわめきにかき消された。

ぼくは、咄嗟《とっさ》に自分の半紙を何枚か村谷の赤い半紙の上に重ねてそのまま丸めた。血の生々しさは消えた。救急車がやって来るのではないかと気を揉《も》んだけれど、サイレンが聞こえてくることはなかった。

しばらくすると杉内先生と保健係が戻って来た。「大丈夫、なんでもない。少し休ませるから」先生は短くそれだけを報告した。それを聞いて教室全体がほっと溜め息をついた。

次の休み時間、村谷は恥ずかしそうに戻って来た。仲のいい女の子たちに囲まれると、あっという間にいつもの元気を取り戻した。出した鼻血の量を考えるとその様子はなんだか不思議にも思えた。ひょっとして鼻血なんか出していなかったのではないかというくらいに元気そうだった。

＊

黒板の上に掲《かか》げられてあるクラス目標「一致団結」が、屋敷のお化けのお陰で達成されていた。みんながひとつになるというのは、互いのためとか、クラスのためとか、そういうことだけで実現するものでもないのだ。けれども杉内先生はそういうのが嫌いらしかった。自分のコントロールを離れてクラスが勝手に一致団結するのは。

杉内先生は、今までは偉そうにしていたのに、最近ではなんだかイライラしている。白い顔のお化けが、ぼくたち三人が空想でつくりあげたデマではなくて、本当に存在するのだということをようやく知ったらしく、午後の授業を途中から半分近くも潰《つぶ》してお説教をした。「君たちがあまりくだらないことに夢中になると、学校としては生徒の事故やトラブルを防ぐために、警察や役場などを通してなんらかの対応をお願いすることになると思う」そう言い放った。

後で右田は、「あれはまた学級崩壊させてしまうのではないかという恐怖からだな」と言っていたけれど、ぼくもそうだろうと思った。

杉内先生がそんな脅しのようなことをいくら言っても、みんなは白いお化けのことを話題にしつづけた。屋敷へ行った子たちによれば、レイチェルさんはまだ顔を白く塗って、スープを飲んでいかないかと誘うそのパターンを繰り返していた。余程そういう脅かしが上手なのか、みんなはもうわかっているはずなのに、しっかり驚かされて帰って来た。

ぼくたち三人は、レイチェルさんと再会する機会をうかがっていた。

右田はレイチェルさんの写真を撮りたがっていた。この前、後ろ姿を撮ったはずなのに、また真っ白で何も写っていなかった。そのせいでまだ、幽霊という説を捨て切れずにいるらしかった。

高松は本家本元のレイチェル・カーソンについて、こつこつと調べていた。

ぼくは、また美味しい紅茶を飲みながら、自然の話をもっと聞きたいと思っていた。

＊

いよいよ白塗りのお化けを見たことがないのは、臆病な子を除けばほとんどいないというくらいになって、ようやく三人で屋敷へ向かった。

なんだか知り合いのおばさんの家にでも遊びに行くような気がした。散々みんなを脅かしているから、どんな風に姿を見せるのだろうかと楽しみだった。

門の表札はそのまま貼ってあった。ぼくは剝《は》がれないように上から手で押し付けた。

玄関のドアを叩くとしばらくして、中から応える声が聞こえた。

少し緊張して待っていると、ドアが開いて真っ白な顔が出てきた。

「うわっ」ぼくは思わず後ずさってしまい、後ろの高松か右田の靴を踏んづけてしまった。わかっていたはずなのに、そのインパクトに圧倒されてしまった。

レイチェルさんも驚いていた。手にはスープをすくうためのお玉を持っている。これも脅かすための小道具なのだろう。子供を連れ込んでスープにしてしまうお化け、そういうイメージを持って来る子たちにはかなりのインパクトだったに違いない。

「どうですか?」レイチェルさんはぼくたちに訊いた。

「これは誰でも驚くよ」右田が少し声を詰まらせながら感想を伝えた。

「やりすぎなくらいだ」高松も言った。

「うん、かなり怖いよ」

ぼくたちの感想を聞くと、レイチェルさんはとても嬉しそうに笑った。案外といたずら好きな性格らしい。

レイチェルさんはぼくたちを招き入れ、応接室に案内した。すぐに紅茶を淹れてくれたけれど、顔は白塗りのままだった。

どれだけ学校で騒ぎになっているかを教えると、レイチェルさんは満足そうだった。うふふと笑い、ティーカップを口に運ぶ姿は、ちょっと得体の知れないゾッとする何かがあった。それは白塗りで顔が隠されているせいだけではないようにも思えた。

ぼくたちは紅茶のお代わりをもらい、レイチェルさんの話を聞いた。特に高松が熱心だった。辞書で調べたら本当にレイチェル・カーソンという学者がいて驚いたこと。図書館で関連する本をいろいろ探したこと。自分も環境問題に関心を持っていたことなど、ほとんどレイチェルさんを独占していた。

「写真撮ってもいい?」右田がカメラを構えると、レイチェルさんは今回は断らず、カメラに向かって微笑んだ。

「この前の生まれ変わりの話も驚いたけど、今度はその白塗りの顔でしょう。いったい何をするつもりなの?」ぼくは自分の困惑を正直に打ち明けた。

レイチェルさんは、ぼくの質問には答えずに、「幽霊屋敷にお化けは必要ではありませんか?」と真面目な顔で訊いてきた。

「それは必要だよ」ぼくより先に、右田が応えた。

「わたしは、この町の人たちのためにお化けの役を担いたいと思っています。生まれ変わりもお化けも、そんなに遠いものではありませんから」そうつづけた。

「でも、どうしてレイチェルさんがお化けにならなければならないの？」ぼくは、やっぱりよくわからなかった。

レイチェルさんは少し考えるような顔をしてから、「この世界にもう一度生まれ変わってきた生物学者として、そうする必要がわたしにはあるからです」と言った。そして、顔のことを相談してきた。

「このままで通そうと思います。どうでしょうか？」

「えー、やめたほうが」思わずそう言ってしまった。本当は綺麗な人なのに、どうしてそんな顔にしたいのかがわからない。

「やってみたらこれが自分でも驚いてしまったのですが、しっくりきてしまって」レイチェルさんは自分の顔を指差して言った。前に仮装パーティで顔を白く塗ったお化けを見たことがあって、真似《まね》てみたのだという。

右田は少し考えていた。そして、「確かに。これで普通の顔にしちゃうとみんなガッカリするかも」と、随分《ずいぶん》と計算高そうなことを言った。注目されることに関して積極的な右田ならではかもしれない。

「確かにその顔でもう有名だしね」高松も右田に賛成のようだ。

「では、これからはこの顔で町中どこへでも出て行きます」レイチェルさんはそう言った。

正体を知っているのは、ぼくたち三人だけなのだと思うと、連帯感を感じた。

「天気もいいですし、外に出ましょうか」レイチェルさんは、ぼくたちを裏の雑木林へ連れ出した。


樹々の間を色鮮やかな蝶が飛んでいた。町ではほとんど見かけないのに、ここにはいた。高松のシェルターは掘りかけのままになっている。右田がレイチェルさんにそのことを教えると「中止なんて、もったいないですね」と言った。

レイチェルさんは、大きな木の根元にしゃがむとポケットからルーペを取り出して、苔を拡大してぼくたちに見せた。「美しいでしょう。小さな世界の中には、大きな世界が広がっているのです。そして何より偉大なのは、自然が同じことを永遠に繰り返しているということなのです」

白塗りの顔でそんなことを話すレイチェルさんは、自然の中ではお化けではなく、妖精《ようせい》のようだった。

ぼくは何度も入ったことのある雑木林が、まるではじめて見る世界であるような新鮮な感覚を持った。「自分を小さくして自然の中に入ってごらんなさい」そう言われた。

「痛い！」右田が悲鳴をあげた。高松が投げたドングリが頭に当たったようだ。すぐに足元の小枝を拾って投げ返した。

小枝は高松に簡単に避《よ》けられた。今では、ふたりはすっかり元の仲の良い幼馴染みだった。右田は少しだけ大人に、高松は少しだけ子供になったのかもしれない。ぼくはどうだろう。ぼくたちは毎日、どんどん変わる。こうしているうちに、子供である時間もいつかは終わってしまう。頭ではそうわかっていても、子供時代は永遠につづくような気もする。世界の終わりを想像する時、そこにいるのはいつも子供の姿の自分だ。

「あなたがたも、いずれ大人になります。その時、今感じていることが必ずあなたたちを導きます。ですからその目で、耳で、鼻で、口で、心で、この自然と世界を感じておいてください」

レイチェルさんは黙って屈むと小さな木の実のようなものを拾った。ルーペで見て、それからハンカチでくるみポケットにしまった。いろいろな種を収集していた。

右田はカメラを上に向けていた。レンズの先には新緑が広がっている。風に柔《やわ》らかく揺れる枝葉の隙間《すきま》から陽の光がこぼれ落ちているようだった。

シャッターの音がした。右田が心霊写真のためではなく写真を撮るのを見たのは、高松の穴の時を除けばこれがはじめてだった。

カメラを下ろした右田と目が合うと、満たされたような顔をしていた。下ろした腕を持ち上げるとぼくにカメラを向けた。静かにシャッターの音が聞こえた。右田がぼくを撮るのもはじめてだった。右田のカメラはずっと現実を撮るためのものではなかったから。つづけて高松にもカメラを向けた。微かにシャッターの音がした。

レイチェルさんを見ると、目を閉じて深呼吸をしていた。ぼくも真似をして目を閉じてみた。葉がこすれ合う音や、木の実か何かが枯葉の上に落ちる音、遠くの鳥のさえずりなど、さまざまな音が混ざり合ってぼくを包み込んだ。大きく息を吸い込むと、森の生き物たちの精気のようなものが身体の中に入ってくるような気がした。

いつの間に採ったのか、レイチェルさんは何種類かの草の葉を手にしていた。スープにするという。右田や高松はぼくから聞かされていたスープを飲みたがった。レイチェルさんは「次の機会に必ず」と約束をした。

ぼくたちが帰る時、レイチェルさんは「あなたがたは、花井さんという女の子を知りませんか?」と訊いてきた。

「あ、同じクラス。だけどずっと不登校だから、どんな子かも知らない」高松が教えると、右田も「デブでブスで臭いらしいよ。家が近いけど会ったことない」と言った。ぼくも「金持ちの子だよ」と教えた。

花井がどうかしたのかと訊いても、レイチェルさんはそれ以上のことは何も言わなかったし、訊いてもこなかった。ぼくはなんだか花井のことが気になってしまった。

＊

家に帰ってからも花井のことを考えていた。もともとぼくは、たまに花井のことをぼんやりと考えてしまうことがあった。

会ったことも見たこともない、デブでブスで臭い不登校の女の子。いつも空いている教室の花井の机を見ていると、花井なんて子が本当に存在しているのだろうかと気になった。ぼくはそんな子が近くにいることに、どこか自分が救われるような気もして、たまに花井のことを考えてしまうのだ。

それにしても、ずっと家に引きこもったままの花井のことを、どうしてよそから来たばかりのレイチェルさんが知っているのだろう。それは右田と高松も不思議がっていた。

ぼくは花井の家に電話を掛けてみようという気になった。存在を確かめてみたくなったのだ。クラスの緊急連絡網《れんらくもう》は、近くの店の出前メニューと一緒にファイルに入れてあった。

受話器のスピーカーから呼び出し音が聞こえるたびに心臓が飛び出しそうになる。なかなか出なかった。ぼくは手に汗まで握ってなんとか十回までは鳴らそうと決めた。でも、誰も出なかった。諦めて電話を切った。

＊

レイチェルさんは自分で言ったとおり、白塗りの顔で町へやって来た。白い木綿のワンピース姿で。

公園の広場の入り口にある大きな銀杏《いちょう》の下に裸足《はだし》で立ち、目を閉じてゆっくりと身体を動かした。足元の小さなポータブルステレオから微かに音楽が流れているのに気づいて、ようやくそれが踊っているらしいことがわかった。

樹齢《じゅれい》二百年といわれる、幹に大きな瘤《こぶ》のある銀杏と、顔を白く塗ったレイチェルさんは、なんだか奇妙に相性がよくて、そこが町の中で最もレイチェルさんにふさわしい場所にも思えた。

毎日そこに来ては、黙ったまま目を閉じて身体を揺らす。ゆったりとした踊りは、雨乞《あまご》いとか、何かの祈《いの》りとか、そんなものを連想させた。

レイチェルさんが町に現れるようになると、寒かった春がようやく暖かくなり始めた。もう冬の上着は要《い》らなくなった。堰《せ》き止められていた水が溢れ出すように町中に緑が吹き出し、色とりどりに花が咲《さ》き始めた。レイチェルさんが春を呼び覚ました。ぼくにはそう感じられた。でも、蝶の姿だけはやはりほとんど見かけることはなかった。

毎日、「白いお化け」見たさで子供たちが広場にやって来た。子供たちから噂を聞いて大人たちも見に来た。

子供たちの間ではすでに「捕まるとスープにされてしまう」という噂は下火になっていて、今度はさまざまな推測から白いお化けの謎が語られるようになっていた。「白塗りは顔に酷い火傷《やけど》を受けたからだ」とか、「あの踊りは呪いの魔術なのだ」とか、「本当は百八十歳なのだ」とか、「じつは白蛇《しろへび》の化身《けしん》である」とか、いろいろだった。

レイチェルさんが何をしているのか、誰にもわからなかった。ぼくたち三人にも、よくわからなかった。

何もない小さな町の閉じられた日常の中に、何か異物が入り込んだようなざわつきが生まれていた。今ではレイチェルさん自身が町のミステリースポットになったようだった。

＊

レイチェルさんには、どこの世界ともつながっていない雰囲気《ふんいき》があった。未来の世界でひとり生きなければならないことを想像してみると、生まれ変わるということはきっと孤独《こどく》なものなのだろう。人間を超えて真理に近づいてしまったかのようでもあった。

もう子供たちを怖がらせはしなかった。魔法瓶にスープを入れて来て、子供たちに振舞った。あの噂のスープだ。最初は遠巻きに見ているものの、みんな案外素直に口にした。スープを飲んだ子はレイチェルさんを好きになった。ぼくもそうだったけれど、あのスープにはきっと何か魔法が入っている。

子供たちを相手にレイチェルさんは蝶や魚や草花の話を聞かせた。どの話も生き物が必死に命をつないでいるということが語られていて興味深かった。

ぼくは、蝶が渡り鳥のように大陸を北から南へ命がけで飛びつづけるという話が印象に残った。高松は太古の海から生物が生まれた話がよかったようだ。右田はウナギの生態の謎についての話を面白がった。前の人生で得た知識を、まだ半分くらいは覚えているらしかった。

レイチェルさんは、自分がかつてアメリカで活動したレイチェル・カーソンという生物学者の生まれ変わりなのだということを子供たちに明かした。「信じる」という子のほうが「信じられない」という子よりも少し多いくらいだった。

ぼくからすれば、その割合は少なすぎるくらいだったけれど、「みんななんて、だいたいそんなものだよ」と言う右田の言葉には説得力があった。いつも「みんな」を意識して悔しい思いをしてきたのだろう。

それでも、これをきっかけにオカルトに興味を持ち始める子もいて、右田はぼくに「ついにおれたちの時代が来たな」と言った。もともとオカルト好きではない高松は「お前らの時代なんか一生来るかよ」と憎《にく》まれ口をきいた。自分だってシェルターを作ろうとしていたくせに。

高松に言わせると、オカルトブームは社会の不安によって増幅《ぞうふく》されるのだという。高松らしい客観的な見方だった。でも、わかる気がした。

今の町は平穏《へいおん》そうに見える毎日の裏に、物事に対する誤魔化《ごまか》しや見逃しのようなものが隠れているような気がする。そのことを誰もが本当はわかっているのに、わからないふりをつづけている。ぼくにはそんな風に思える。矛盾《むじゅん》とか、ねじれとか、そういうものが強くなってしまった場所にオカルトは生まれるのかもしれない。そう考えると、レイチェルさんが町に現れたこともぼくには納得がいった。

＊

白塗りの顔のことや、生まれ変わりを主張していることや、幽霊屋敷に住み始めたことなど、レイチェルさんが町にもたらす波紋《はもん》は次第に広がっていた。

不愉快に思う大人は多かっただろう。レイチェルさんと一緒に町にいると、いつも遠巻きに冷ややかな視線を感じた。

杉内先生は露骨《ろこつ》だった。土埃の付いたスリッパの底を引きずりながら、ぼくの席の横を過ぎる時、「つちのまつりの準備がはじまると、町の風紀を乱すような人物は排除《はいじょ》されるだろうな」大きな声でそう言った。

杉内先生のような場の流れや雰囲気などの変化に常に敏感《びんかん》な人は、まず先にそんな風に騒ぎ出す。レイチェルさんはその異様な容姿にもかかわらず、わずかの間に町の子供たちと親しくなり、奇妙な存在感すら示し始めていた。

低学年のクラスでは顔に白いチョークを塗る「レイチェルさんごっこ」という遊びをする子たちもいた。先生たちはこの遊びをする子たちを叱《しか》り、禁止した。過剰《かじょう》に反応する先生たちのことを、ぼくはなんだか変だと思っていた。

レイチェルさんは、やって来る子供たちの中に急に鼻血を出す子が何人もいることに気づいて心配していた。そういう子たちが学校でも病院でも特に問題はないとされていることを知ると、「なんとかしなければなりません」と焦り始めた。鼻血はおそらく土のせいだろうと言った。

踊ったり、子供たちと仲良くなったり、そんなことをしているうちはよかった。でもレイチェルさんが、「町に土を運び入れるのをやめなければなりません。深刻な問題になる前に」と、町がしていることを批判するようになると、町の大人たちのレイチェルさんに対する態度は、はっきりと決まった。

それまで陰で言われていたであろう心ない言葉が、誰の耳にも聞こえるような大声になった。レイチェルさんが広場や町のどこかに立つと、野次や罵声《ばせい》が浴びせられた。レイチェルさんの所へ行くことを咎《とが》める親も多くなった。

「子供たちがお化けだと騒ぐから、どんなものかと思ったら、なんだ、ただの頭のおかしい女じゃないか」「あんな顔して、まったくいい大人が人騒がせな」「ふざけたことばかり言うと怪我《けが》をするぞ」

レイチェルさんはどんなことを言われても、それで態度を変えることはなかった。いつも落ち着いていた。訴えるべきことを語り、自分自身のことを説明した。

「何を言ってるんだ。生まれ変わりなんて妄想《もうそう》だよ」「あなた冗談はその顔だけにしてくださいよ」「レイチェルなんとかって誰だよそれ」大人たちは笑うだけだった。

「この町の土壌を検査しました。運ばれてくる土が町を汚染しているのは明白です。このままでは、ゆっくりとみなさんの身体も汚《よご》れてしまいます。いろいろな恐ろしいことが身体に現れてくる可能性も、ないわけではありません。一度自然を汚してしまうと、簡単には元には戻せないのです」

レイチェルさんが運ばれてくる土が問題だと訴えるのに、大人たちは聞く耳を持たず、馬鹿にしていた。ぼくには、そんな大人たちの姿や態度が無責任に見えた。レイチェルさんを笑い、批判的なことばかり言う大人たちを、ぼくは睨みつけた。

レイチェルさんは、「こういうのは慣れています。前の人生から」そう言って笑った。たったひとりで圧倒的な反発を相手に闘《たたか》い、はじめて環境汚染を告発した偉人。そのことは、ぼくも本で読んでもう知っていた。

そのうちにレイチェルさんの所にやって来る子供は、ほとんどぼくたち三人だけになってしまった。

「君たちのお父さんお母さんは心配しないのか」とか「こんな人と一緒にいてはダメよ」などと、大人たちはレイチェルさんを批判するだけでなく、ぼくたち三人にも、うるさく忠告をした。

＊

ある時、広場に立つレイチェルさんのことをじっと見ている女の人がいることに、ぼくは気がついた。手にぶら下げた買い物袋から長ネギと大根がはみ出していた。

女の人はただ黙って見ているだけだった。周りの大人たちのように、顔を歪めて文句を言ったり、あざ笑ったりせず、硬く真剣な表情をしてレイチェルさんのことをまっすぐに見ていた。

「お子さんの健康は親御《おやご》さんが守ってあげてください」レイチェルさんはその女の人に向かって話しているようだった。

やがてその女の人は、知り合いらしい女の人たちに声を掛けられると、別人のように表情を柔らかくして、一緒にどこかへ立ち去ってしまった。

熱っぽく語るほど町の人たちには滑稽《こっけい》に見えてしまうのだろう。哀《あわ》れみの言葉とともにレイチェルさんの前に小銭《こぜに》を投げて行く人もいて、ぼくはなんだか悔しかった。

レイチェルさんはそれを集めると、銀杏の木の根元へ置いた。右田は「もらっちゃえばいいのに」と言ったけれど、レイチェルさんは笑うだけだった。

「免罪符《めんざいふ》、というものがあります。自分の罪を自覚して、赦《ゆる》しを得るためにお金を寄附《きふ》するのです。あの人たちの中にも無意識かもしれませんが、そういった気持ちがあったように思いますよ」

「そうかな」右田は口を尖らせていた。

「そんなのお人好《ひとよ》しすぎない?」ぼくも言った。

「あの人たちに、そんな気持ちなんか一欠片《ひとかけら》もないよ」高松も怒っていた。

「人の心は表と裏でできているものです。ですから当然、そのことが反映されてこの世界も、表と裏でできているのですよ。表と裏はずっと変わらずそのままの場合もあれば、入れ替わる場合もあるのです」レイチェルさんは言った。

「光と闇とか、善と悪とか、そういう話と同じようなこと?」右田が訊いた。

「そうですね。でも、そうはっきりと白黒がつくことでもありません。わたしたちや、この世界というのは、ひとつではないということでしょうか。いつも、相反する考えや行動や可能性というものが同時にどこかに存在しているのだと思うのです。わたしたちや、この世界が、矛盾を抱えている時というのは、その表と裏が入れ替わる可能性がある時なのかもしれません」

「ふうん」ぼくたちは黙ってしまった。異次元の世界からやって来た考えのように思えた。

「少し難しかったかもしれませんね。どんな時でも必ずもうひとつ別の可能性はあるはずですよ、という話をしたかったのですが」レイチェルさんは言った。

レイチェルさんは、顔を見せなくなった子供たちのことを残念がった。「せっかく、仲良くなれたのに。すっかり嫌われてしまいました」

「おれたちがいるよ」高松が慰《なぐさ》めた。ぼくたちは、みんなが離れて行っても、レイチェルさんから離れようとは、ちっとも思わなかった。

＊

体育の授業は校庭で走り幅跳《はばと》びだった。ぼくは右田と組んで測定係をした。

「いいよ」ぼくが手を上げて声を掛けると、せっかちな松下はもう駆け出して来た。走り方もせかせかして、あっという間に踏み切り位置から跳び上がり、砂の上に着地した。ぼくが踏み切った足跡《あしあと》にメジャーの端を当てると、右田が着地の足跡までの距離を測る。

「二メートル三七」右田が読み上げた。

「え、全然跳べてないなあ」松下は悔しそうに言いながら、もう列へ戻っている。

松下の足跡を消して次の子に合図する。

今度は体重のある大西だ。タイミングが合わないのかすぐにスタートしようとしない。

「あのさ」右田がぼくに話し掛けた。

「うん」

「昨日、うちのお父さんがレイチェルさんを見たらしいんだよ」

大西がようやく重たいステップでゆっくり駆けて来た。

「酒屋の前にかなり長い時間、じっと立ってたらしい」

右田の話を遮《さえぎ》るように、大西が「ほああっ」と奇声を上げて跳び上がった。踏み切りが弱い。重たい音で着地した。

「アル中じゃないかって言うんだよ。えーと、一メートル七五」

「まさか」

「あんな変な女に関《かか》わるなよ、なんて言ってた」

屋敷でお酒は見なかったたし、レイチェルさんとお酒は、ぼくには結びつきにくかった。

次は高松が跳ぶ番だった。「いいよ」と合図すると、白い歯が見えた。それからスキップするようにスタートした。

最初は軽く、段々と速く駆けて来た。表情は真剣だ。静かに踏み切って高く角度をつけて跳び上がった。滞空《たいくう》時間は長い。スローモーション映像みたいだ。着地も静かだった。

メジャーを当てた右田が「今日の新記録だ！　四メートル三〇」と叫んだ。

高松は拳《こぶし》を握り、小さく喜んで見せた。「だけどまだまだ、もっと遠くまで跳べるな」そう言いながら片足立ちして靴の中に入った砂を出した。

ぼくは、高松がすごくいいことを言ったような気がした。

右田はレイチェルさんについて、それ以上のことは話さなかった。酒屋の前に立つレイチェルさんを、ぼくは想像しにくかった。高松の幅跳びを見た後では、ますますイメージが湧きにくかった。だから、もう忘れてしまうことにした。

*

鼻血を出した子たちから、保健室の早乙女《さおとめ》先生が、レイチェルさんと会った時のことを笑い話みたいにして語っていると聞いた。腹が立った。

「抗議しに行くよ」ぼくは、右田と高松にそう言って、保健室へ向かった。高松は来なかったけれど、右田は一緒に来た。早乙女先生は優しいから好きだったけれど、今はもう違った。

「失礼します」ドアを開けると、柔らかいピンク色の部屋の奥にある事務机に早乙女先生は座っていた。ベッドには誰もいなかった。

「どうしたの。怪我したかな?」

「いえ。ええと。先生、みんなに話をしてるよね。レイチェルさんと会ったって」

「ああ、白塗りの。そうね、何人かに話したわね」

「あの。馬鹿にするのをやめて欲しいんだ」お腹に力を入れてやっと言えた。

早乙女先生は困ったような顔をしてぼくを見てから、隣で黙っている右田の顔も見た。

「別に馬鹿にしているわけではないわよ」早乙女先生はそう言うと、ぼくたちに椅子を勧めた。

「ここへ来る子たちから聞いて、先生も会いに行ってみたのよ、広場へ。前にこの本を読んだこともあったから」

早乙女先生は机の上の本立てから一冊取り出して見せた。本家本元のレイチェル・カーソンが書いた本だった。

「会ってみて、まあガッカリしたというか、呆れたというかね」

「何を話したの？」右田が訊いた。

「何をって、何がなんだか。この世界がもう終わるかもしれないとか、運ばれて来る土がよくないとか、子供たちは守るべきとか、言っていることが支離滅裂《しりめつれつ》だし、妄想も激しいみたいで話にならなかったわ。わたしが養護教諭ですって言ったら、あなたは無責任ですって批判するし。子供たちの鼻血のこともいろいろ言っていたけれど、とにかくすべてが非科学的で、感情的で、あれで学者の生まれ変わりだなんて、先生、本当に呆れちゃったのよね」

「先生、ぼくもその本、図書館で読んだけど、レイチェルさんが言ってることとか、やってることは、その本とまったく同じだと思う」ぼくは言った。

「顔を白く塗って奇妙な踊りをすることが？」早乙女先生は笑いながら、本を上下逆さまに本立てに差し込んだ。

「あなたたち、あの人のことを信じているの？　どうして？　子供ってああいうのが気になるのはわかるけど。それにしてもカーソンの生まれ変わりだなんて、言っていることは滅茶苦茶だし、先生はあの得体の知れないところがちょっと危ないと思う」

ドアが開いて女の子が、「先生、鼻血が出ちゃった。気持ち悪い」と入って来た。ぼくたちは入れ替わりに保健室を出た。

廊下で右田が「早乙女先生、あの子にもレイチェルさんの話をするのかな」と言った。

「どうだろう」ぼくは、あの逆さまに差し込まれた本がもう一度開かれることはないだろうなと思った。


教室に戻り授業が始まってから、ぼくは、早乙女先生が言っていたことを考えてみた。じつを言うと、ぼくだってレイチェルさんは確かに滅茶苦茶だとは思っていた。だいたい生まれ変わりだなんて最初からおかしいし、白塗りの顔だってまともな人間のすることではない。それなのに、ぼくがレイチェルさんを出鱈目《でたらめ》と感じないのはなぜなのだろう。よほど早乙女先生のほうを出鱈目だと思ってしまう。

早乙女先生は自分の目の前の問題に向き合おうとしていないのかもしれない。しょっちゅう鼻血を出してやって来る生徒たちのことなんかを。早乙女先生は誰の生まれ変わりにもならないだろう。そういう「非科学的」なことは、早乙女先生の身にはきっと起こらない。そのかわり、いつも現実を自分の都合のいいように理解して生きて行くのだろう。

「おい、ネジ。これわかるか?」気づくと、杉内先生が黒板を指していた。黒板には、ぼけっとするな! と書いてあった。

「あ、はい」そう言うと、みんながクスクス笑った。ぼくは最近、考えごとに没頭《ぼっとう》してしまうことが多い。前はそんなことはなかった。頭を使うのが嫌で、ただボーッとしているだけだった。でも、この頃は違っていて、ぼくの頭はいつも何かを考えたがっていた。

「ぼけっとしてると、何も考えられない大人になるぞ」黒板消しを使いながら杉内先生は言った。そういう先生は何か考えているのだろうか。ぼくたちを押さえつけて、自分がまた学級崩壊させないことしか考えていないのではないか。

＊

つちのまつりがどんなものか、ぼくたちはまだよくわからなかった。町をあげて、土を使った芸術的で健康的で人間的なイベントをするという。説明会があるからと、体育館に全校生徒が集められた。

「ちゃんと聞いておこう」高松は体育館へ向かう途中で言った。杉内先生の言うとおりならば、つちのまつりは、レイチェルさんを追い出してしまうかもしれないのだ。

背の順で並ぶから右田は前、ぼくは真ん中、高松は後ろという具合に離れる。ぼくの隣は家がパン屋の所沢《ところざわ》という女の子だ。校長先生が話し始めた。

「つちのまつり、名前くらいは聞いたことがあるという人は？」低学年を除くとほとんどの生徒が手を挙げていた。

「では、どんなことをするか、わかる人は？」

ほとんど誰も手を挙げない。そこで、校長先生は中年の背の高い男の人を壇上《だんじょう》に呼んで紹介《しょうかい》した。

「つちのまつり実行委員の花井さんです」

男の人は頭を下げた。所沢が肘《ひじ》でぼくを突いて「あれ花井さんのお父さんだよ」と教えた。ぼくは、どうして自分の子供が来ていない学校にやって来る気になれたのだろうかと不思議だった。花井のお父さんが話し始めた。

「つちのまつりは、この町ならではのお祭りになるのです。北国に雪の祭りがあるように。大人も子供も町中がひとつになって土と戯《たわむ》れます。遠くから沢山の見物客も訪《おとず》れることでしょう」

花井のお父さんの話は、ぼくにはつまらなかった。

説明会が終わると花井のお父さんは、自分の娘のクラス担任と話をすることもなく、待っていた黒塗りの大きな乗用車に乗って学校を出て行った。ぼくは右田と高松と一緒に教室に戻る途中でその様子を見た。

「なんだよあのおっさん」高松が言った。

「あれ花井のお父さんだって」ぼくはさっき聞き知ったばかりのことを教えた。

「ああ、やっぱりそうか」右田も気づいていたようだ。

「なんか嫌だね。つちのまつり」ぼくが言うと、ふたりも頷いた。

「もういい加減に土はやめてもらいたいよ」右田がこぼす。

レイチェルさんがあれほど土がよくないと言っているのに誰も耳を貸さない。でも思い返すと、最初に土が運ばれるようになった頃には多くの人が反対していたはずだ。それがいつの間にか誰も何も言わなくなった。今では、毎日どこからか何台ものダンプカーで土が運び込まれ、校庭の土になり、公園の土になり、広場の土になり、土置き場の土になり、細かい土埃になって教室や家の中へも入り込んでくる。ぼくはこの過剰にある土と生きるのがもう本当に嫌になってきた。このまま町ごと土に埋められてしまうのではないか、大袈裟ではなくそんな気さえした。

＊

教室の話題はすっかり、つちのまつりばかりになった。ぼくはそんな祭りなんかどうでもよかった。レイチェルさんの所へ行くのをやめないぼくたち三人は、みんなから不思議がられて、そのうち馬鹿にされるようになった。

特に前島と桜井と山下がしつこくて、「お前らも顔を白く塗ってこいよ」そんなことも言われた。

最初は、ぼくや右田だけだったけれど、そのうちに高松まで言われるようになった。はじめ、冗談みたいに軽く言われた時に高松がいつものように鋭く反撃《はんげき》しなかったからだ。馬鹿らしくて相手にしたくもなかったのだろう。すると、それまで高松に頭が上がらなかったくせに、次第に調子に乗ってきた。

「いい加減にしろ」と、高松がついに前島を怒鳴りつけたその翌日、その腹いせだろう、右田が嫌がらせを受けた。

日直だった右田は休み時間に黒板を綺麗にし、チョークの粉の付いた黒板消しを電動クリーナーにかけようとしていた。そこを前島、桜井、山下に囲まれたようだ。ぼくは最初、気がつかなかった。高松も教室にいなかった。

やめろよ！　という右田の怒鳴るような声が聞こえて気がついた。黒板の前で右田は桜井と山下に後ろから身体を押さえつけられていた。前島は取り上げた黒板消しを、右田の顔に擦りつけようとしていた。

ぼくは、慌てて助けに行った。前島の腕をつかんで止めようとした。右田は鼻と眉毛《まゆげ》が白くなっていた。チョークの粉のせいでむせていた。

「ネジ、お前の顔も白くしてやるよ」前島が笑みを浮かべながらぼくに向かって来た。桜井と山下は右田を離してぼくを捕まえた。足を滅茶苦茶に蹴り出していると、桜井と山下の足に当たった。前島はうまく横から回り込んで来て、ぼくの顔に黒板消しをはたきつけてきた。むせた。口の中にまで入ってきた。

右田が思い切り体当たりして来て、ぼくたちはよろけて倒れた。右田は転がり落ちた黒板消しを拾うと、仕返しにあいつらの顔をはたいた。ぼくは立ち上がり「これでお前らも仲間だ」と言ってやった。

教室のみんなが騒ぎに気づいて取り囲んでいた。「馬鹿みたい」と言う女子の声も聞こえた。ぼくもそう思った。どうしてこんなことになるのだろう。

教室へ戻って来た高松は、すぐに異変に気づいたようだった。何か言いかけてやめた。その後杉内先生が入って来た。何か感じたのだろう。「一致団結!」と言った。「ネジ、右田、高松、お前ら、乱すな!」

ぼくたち三人が悪いということになってしまった。

クラスのみんなからの冷たい視線を浴びて、ぼくは自分がレイチェルさんになったような気がした。

＊

レイチェルさんは、まだ子供たちを屋敷へ呼びたがっていたけれど、やって来る子は少なかった。

冷やかしに来るやつらはいた。爆竹《ばくちく》を鳴らして逃げたり、絵の具で顔を白く塗ってやって来た。レイチェルさんは、そいつらを叱りはしなかった。

大人も来た。わざわざやって来て「目障りだから町から出て行け」と言ったり、「顔だけでなく全身を白く塗ってショーでもやったらどうだ」なんていやらしいことを言うオヤジもいた。

まれに、レイチェルさんに親しみを感じて遊びに来る子供もまだいたけれど、すぐに母親が駆け込んで来て連れて帰った。警察も何度か用もないのにやって来た。

絵本を抱えた幼い女の子がお母さんと手をつないでやって来た時には、ぼくたちは庭にいて、蝶を追いかけていた。

「マジョさんはいる?」女の子は、近くにいたぼくに訊いてきた。

「魔女?」

女の子は、ぼくに絵本の表紙を見せた。魔女が描かれている。かわいい子だなと思った。

女の子のお母さんは、ぼくと目が合うと「ごめんなさいね」と言った。

「レイチェルさんのことを言っているのかな、白塗りの」

「そうなの」女の子のお母さんは頷いた。

女の子のお母さんを、どこかで見たことがあった。前に、レイチェルさんの話を真剣な表情で聞いていた人だと思い出した。

「いるよ、魔女さん」ぼくは女の子に教えた。「中にいるから一緒に行ってみようか」玄関を指した。

「ありがとう。よかったね、スーちゃん」女の子のお母さんが言った。

「ほんと? いこう、いこう」女の子は、ぼくを手招きすると、お母さんと一緒に玄関へ向かって歩き出した。小さな歩幅で急ぐ姿がかわいらしい。ぼくは後ろをついて行った。

右田が駆け寄って来た。「また文句でも言いに来たのか?」

「違うみたいだよ」

ぼくたちも一緒に屋敷の中に入った。

「レイチェルさん、お客さんだよ」女の子とお母さんを応接室へ案内した。

レイチェルさんも覚えていたのだろう。女の子のお母さんを見ると「来てくださると思っていました」と歓迎した。女の子のお母さんは丁寧にお辞儀《じぎ》をした。

女の子はレイチェルさんを見ると「ほんもののマジョさんだ。すごい」と興奮した。

お母さんは慌てて「失礼なことを言ってすみません。通わせている保育園でそんな風に聞かされたようで、会いたいと言って聞かなくなりまして」と言った。

「構いませんよ」レイチェルさんは言った。そして、女の子に顔を近づけると「本物の魔女さんですよ」と言った。女の子は高い声を出して喜んだ。

高松が紅茶を淹れて来た。レイチェルさんに習ったのだ。女の子には牛乳を用意していた。いい香りだと、レイチェルさんが褒めた。

レイチェルさんが勧めると、女の子のお母さんは息で冷ましてからゆっくり紅茶を啜《すす》った。表情はほぐれない。手の平でティーカップの熱に触れながら、しばらく黙っていた。

レイチェルさんが何か言うと頷いたり、顔を歪めたりしていた。女の子のお母さんがここへ来たのは、レイチェルさんと何か話がしたいからだということは、見ていてわかった。

右田が「遊ぼうよ」と女の子を部屋の隅へ連れて行った。ぼくも女の子の所へ行った。高松もそうした。

スーちゃんと、おままごとをすることになった。

「いいこにしたら、ママがえほんを、よんであげますからね」スーちゃんがお母さん役だった。右田がお父さんで、高松とぼくは子供だ。

スーちゃんは持っていた絵本をどんどんめくりながら、魔女の話をぼくたちに聞かせた。

スーちゃんのお母さんとレイチェルさんが話すのが聞こえてきた。

「夫に話しましたら、お前、おかしいんじゃないのか、と相手にしてもらえなくて。大袈裟なことを言うつもりはないのですが、わたし、なんだか世界が変わってしまったような気がしてならないのです。楽しいとか、嬉しいとか、美味しいとか、そういう純粋《じゅんすい》な生きている実感のようなものが、失われてしまったように感じて。子供を抱いた時に伝わってくる温《ぬく》もりすら、たまらなく切なくなることもあるんです」

「ひとりぼっちだと思わないでください。きっとあなたと同じように感じ、不安に思っている方はいるはずです。まだ表に見えていないだけです」

スーちゃんは楽しそうに絵本を読んでくれる。いつもお母さんにそうしてもらっているのかもしれない。

「スーちゃんね、おひめさまより、マジョがすきなの」

「へえ、そうなの。どうして魔女が好きなの?」右田が訊くと、スーちゃんは「まほう」

と応えた。

「あのマジョさんも、まほうがつかえるでしょ?」

「うん、使えるよ。魔法で世界を変えちゃうんだ」高松が言った。

スーちゃんは「ほんと?」と驚いた。それがかわいらしくて、ぼくも「ほんとだよ」と言った。スーちゃんは嬉しそうに「ほんと?」と右田にも訊いた。

右田が「そうだよ」と言うと、また「ほんと?」と右田に訊いた。何度も右田に「ほんと?」を繰り返す。すっかり懐いているようだった。

スーちゃんのお母さんとレイチェルさんはいつの間にか談笑《だんしょう》していた。スーちゃんのお母さんは、きっと思い詰めていたのだろう。表情はさっきよりほぐれて見えた。レイチエルさんも嬉しそうだった。

これがレイチェルさんのやりたかったことなのかもしれないと思った。町の人たちのためにあんな格好をして、それなのに町の人たちから疎《うと》んじられている。なぜそんなことをつづけるのかわからないとも思っていたけれど、今はそのことが少しわかった。

高松が淹れた紅茶のお代わりを、時間をかけて飲み終えると、お母さんはスーちゃんを連れて帰った。スーちゃんは右田と別れるのを残念がった。「また遊ぼうね」と右田に言われて指切りすると、ようやく納得した。

スーちゃんが帰ってしまうと右田も残念そうだった。レイチェルさんが「また遊びに来てくれますよ」と慰めた。右田の意外な才能にぼくたちは驚いていた。

*

ぼくたちは、屋敷の中でなんでも自由にできた。でも、レイチェルさんの寝室《しんしつ》だけはいつも鍵が掛かっていて、入ることを許されなかった。だから、右田はもちろん、高松までもが「タイムトンネルの入り口があるのではないか」とか、「屋敷で自殺したという女の子の霊が部屋にこもっていてレイチェルさんに取り憑いているのではないか」など、そこには何かとんでもない屋敷の秘密が隠されているのではないかと想像した。

でもぼくは、屋敷の秘密ではなくて、レイチェルさんの秘密がそこにあるのではないかと思っていた。ぼくは、「生まれ変わり」ということ以外にも、本当のレイチェルさんのことをもっと知りたかった。でも、レイチェルさんはいつも生まれ変わりとしての自分の話しかしてくれなかった。

「ぼくたちくらいの頃にはどんな子だったの？」訊いてみた。

「生まれた時は西条《さいじょう》希美《のぞみ》という名の女の子でした。でも幼い頃からずっと、何か、自分は自分ではないというような気がしていました。だから少し変わった女の子と思われていたでしょうね。友達も少なくて、でも自然が大好きでしたからひとりで野山を駆け回っていました。だから、ひとりぼっちとは感じなかったですね。学生時代にカーソンのことを知って。写真で彼女《かのじょ》の姿や住んだ場所などを見るとなんだかとても懐かしくて。誕生日や、好きなこと、好きな場所、疑問に思うことなど、すべてが自分と同じで、不思議に思っていました。するとある時、夢の中にカーソンが現れたのです。そして言いました。『わたしは、あなたですよ』と。それでわかりました。生きているとそういうこともあり得るのです。わたしは、自分が何者なのか、どこから来たのか、そういうことをずっと知りたかったのです。自分は何をするためにここに来たのか、そういうことを」

なんだかすべて作り話のように聞こえた。レイチェルさんが今のレイチェルさんになってぼくたちの前に現れるのには、どうしてもそれだけでは足りないような気がしたのだ。

それでも、なんのために自分はあるのかという、それまであまり考えたこともなかったことを、ぼくは考えるようになった。お風呂で自分の身体を洗う時や、爪を切る時や、歯を磨《みが》く時なんかに、ふとその問いが巡《めぐ》ってくる。

何か特技があるわけでも頭がいいわけでもない。母親に見捨てられ、父親からも見放されている。そんなぼくに「なんのために」というようなものは、何もないような気がした。

でも、ぼくはそれほど情けない気持ちにはならなかった。右田や高松がいるからいいやと思えた。

「なんのために」という問いかけに答えることよりも、その問いかけを忘れないようにすることのほうが、きっと大事なのではないか。ぼくは、これから生きていくのに「なんのために」を忘れないようにすると決めた。

＊

黒板をノートに書き写していると、杉内先生から「ネジ、お前なんだか顔つきが変わったな」と言われた。それが褒めていないのはなんとなく感じでわかった。ぼくにはいつまでもネジが一本足りないままでいてもらいたいのだ。「そうですか?」とぼくは言ったけれど、もう前みたいにオドオドなどしなかった。

家に帰ってから、鏡で自分の顔を見てみたけれど特別変わったところは見つけられなかった。ぼくはまだ喉仏《のどぼとけ》も出ていないしニキビもなかった。でも、そういえば、ご飯を炊く時のあのウンチ臭さがいつの間にかまったく気にならなくなっていた。

＊

レイチェルさんは、四人で紅茶を飲むことを楽しみにしていた。高松が興味を持っていたこともあって環境問題など難しいことも話した。レイチェルさんは、つちのまつりのことも知っていて、「きっとお祭りにして土のことを誤魔化してしまうつもりなのです」と言った。紅茶の香りがぼくたちを大人にするような気がした。

レイチェルさんは、自分の紅茶に砂糖をひとつ入れて、スプーンで掻き混ぜずにそのままにして溶かしながら、「あなたがたにとって、未来は明るいものですか？　それとも暗いものですか？　どちらだとしても、あなたたちには未来しかありません。未来はどんなものにでも変えられるのです」と言った。

ぼくは、レイチェルさんのティーカップの底でゆっくりと溶け出していく砂糖の甘《あま》さのことを想像していた。それは、レイチェルさんの言葉と重なっていくような気がした。レイチェルさんの言葉は不思議だ。レイチェルさんが話しているのに、誰か別の人が話しているようだ。生まれ変わりだからではない。大切なことを、まるで他人事《ひとごと》のようにさらりと言ったりする。それなのに、ぼくの心にはしっかり届く。

高松が「生まれ変わってみてどうだったの?・」と訊いた。レイチェルさんは、「少しがっかりしました。世界は何も変わらなかったようです。わたしが問題にしたことが、今もそのまま問題として横たわっています。でも、がっかりばかりもしていられません。またつづきをやろうと思います」と応えた。

「強い意志って生まれ変わるものなんだな」高松は真面目にそう言った。レイチェルさんはこの頃では、町だけでなく、学校も批判し始めていた。

＊

休み時間に高松が杉内先生に呼び出された。ふたりは授業が始まっても教室に戻ってこなかったから自習になった。みんなは「ラッキー」と自由に過ごした。

そのうちに誰かが、「パトカーが来てる」と騒ぎ出した。窓の外を見ると校庭の入り口にパトカーが一台停まっていた。

結局その日、すべての授業が終わっても高松と杉内先生は教室へ戻って来なかった。

高松が杉内先生の財布《さいふ》を盗んだらしい、と教室の何人かが噂していた。みんなは、「信じられない」と騒ぎ、右田とぼくに、いろいろ言ったり訊いたりしてきたけれど、ぼくたちはそんなのは相手にしなかった。たとえその話が本当だとしても、そんなことはどうでもいい。前にぼくはスコップを盗んだし、右田はスターターピストルを盗んだ。いざとなったら、そのことをみんなに白状してもよかった。高松が泥棒ならぼくたちも泥棒だ。何より友達だ。

帰りの掃除が終わり、みんなが下校してからも右田とぼくは教室で高松を待った。高松のカバンは席にあった。隣のクラスの高橋先生に、「用がないならさっさと帰れ」と怒鳴られて仕方なく教室を出た。校舎を出てみると、いつの間にかもうパトカーはなかった。校庭から回り込んで窓から職員室の中を覗いた。高松の姿も杉内先生も見つけられなかった。放課後なのに談笑する先生もいなくて、どの先生もなんだか緊張しているように見えた。

ぼくたちは、高松の帰り道をだいたい知っていたから、途中の公園で待つことにした。右田が相撲《すもう》をしようとしつこく言うから、何回か取り組みをした。腕も脚もぼくが長い。右田にぼくは全部勝った。ちっとも面白くなかった。

「あ、高松だ」右田が先に気づいた。

高松はお父さんと一緒だった。声を掛けた。

ぼくたちを見ると高松は、「おう」と元気なく応えた。ぼくたちは高松のお父さんにも挨拶《あいさつ》をした。お父さんも背の高い人だった。成長した右田には気がつかないようだった。

高松は「またな」と言ってお父さんと一緒に帰ってしまった。

＊

翌日、高松は何事もなかったように登校して来た。杉内先生も特に何も説明はしなかった。パトカーがなんだったのかと訊く生徒もいたけれど、「交通安全講習会の打ち合わせに来ただけだ。つちのまつりも近いからな」と教えた。

そう言われると、みんなはあっけなく疑いを捨てたようだった。学校も町も、つちのまつりの準備で気持ちがそわそわし始めていた。

観光地でもないこんな田舎《いなか》の小さな町に、芸能人なんかもやってくるらしい。そんなことははじめてだ。「サインもらえるかな」「テレビ局も来るんだろ」みんなは、そんな話題ですぐに盛り上がる。

「みんな暗い話より楽しい話が好きなんだよ」高松はぶっきらぼうに言った。それはどこか冷めたような言い方で、前にひとりで穴を掘ろうとしていた高松を思い出させた。

なんとなく高松に気を遣ってしまう右田とぼくに対して、高松も気を遣っているのがわかった。朝からずっと、ぼくたちはぎくしゃくしがちだった。

昼休みになって、高松はぼくたちを非常階段へ連れ出すと、他の生徒がいないことを確認してから、「ふたりには言っておくけど。おれ、先生の財布なんかとってないから」と、言った。

わかってるよ。ぼくたちはそう言うつもりで頷いた。

「おれは、もっとかっこいいことをした」

「かっこいいこと?」

「ああ。脅迫状《きょうはくじょう》を役場に送ったんだ。つちのまつりを中止しろって。だけどなぜか、おれだってバレた」

高松の思わぬ告白にぼくたちは興奮した。同時にぼくは少し高松を怖いとも感じた。でもそれは、高松にはもちろん、右田にも伝わらないように隠した。

「おれは嫌なものは絶対に嫌だ」高松は真剣な顔で言った。

その勢いに押されたみたいに、負けず嫌いの右田は「おれだってそうだ」と言った。

ぼくは半分くらいまだ消化しきれないままに「うん」と言った。

＊

学校では「つちのおどり」の練習がはじまった。つちのまつりの幕開けに町の小学生みんなで踊ることが決められていた。顔や腕や脚、全身に泥を塗りたくって踊ると聞いた。体育の小早川《こばやかわ》先生が振り付けを担当する。

校庭に集められて、小早川先生が踊るのを見せられた。太鼓の音がやたらと強調された大袈裟な音楽に合わせて壇上の小早川先生が身体をしなやかに動かす。

テーマが「母なる大地」というだけあって、身体を横たわらせる動きも多かった。大地に雨が降りつづく。大地に太陽の光が降り注ぐ。大地から植物が芽を出し、花を咲かせる。大地からイモムシが這《は》い出て蝶になり羽ばたく。そんなことを踊りで表現しているのが見ていてわかった。最後は子供たち全員が互いに足元の泥を投げ合い、笑って走り回り、ついには遊び疲れて大地の上に眠るという演出だった。

小早川先生は普段から、子供の気持ちがわかっているような、そういう先生だったから一所懸命《いっしょけんめい》考えて創《つく》ってくれた踊りなのかもしれない。でも、ぼくは好きになれなかった。なんだか、誰かの顔色をうかがいながら考えられたようないやらしさがあった。後で高松はそれを「宗教みたいだった」と言った。高松の言わんとしていることはわかった。

小早川先生が踊りを見せている間に、隣のクラスの知らない男の子が鼻血を出して保健室へ連れて行かれた。最近では誰かが鼻血を出しても、先生も生徒たちも、淡々《たんたん》としている。「慣れって怖いな」右田は言った。その通りだった。土埃に慣れ、鼻血にも慣れ、ぼくたちは、次は何に慣れてしまうのだろう。

レイチェルさんの白塗りの意味がわかったような気がした。ぼくはこれ以上いろいろなことに慣れてしまいたくはない。そうやって違和感や嫌悪感《けんおかん》を薄めていって何も感じないようになり、お化けになっていくのは、ぼくたちのほうなのかもしれないのだ。

＊

祭りが近づくにつれて、町も、人も、見かけは変わらないのに、中身だけがどんどん変わっていくような気がした。ぼくは、自分が変化に流されず同じ場所に居つづけられるように、意識を集中して毎日を過ごすことを心がけようとした。だから、いつも右田と高松を見ていた。レイチェルさんにも会いに行った。

町には土埃に混じって祭りの熱のようなものが漂い始めた。落ち着きのない興奮が見えない雲のように町のあちこちをふわふわ漂っているみたいだった。

祭りとはそういうものなのだろうか。よく「気持ちのスイッチが入る」というような言い方をするけれど、ぼくにはみんなのスイッチが入ったのか切れたのか、わからなかった。

授業中の杉内先生の雑談はつちのまつりのことばかりだし、休み時間のみんなの話題もそればかりだった。スポーツやゲームやオカルトなど、つちのまつり以外の話題は、まるでつまらないことのように扱われた。

ぼくは、みんなと同じように盛り上がることはなかった。なぜ自分が、空気が読めないのか、わかってきた。読めないのではなくて、ぼくがいつも内からではなく、外から見ているからなのだ、きっと。

みんなは、つちのまつりに夢中になればなるほど、今のことや、先のことは考えなくなるようだった。レイチェルさんのこともあまり話題にならなくなった。ぼくには、そんなみんなのことが不思議に見えたけれど、みんなから見たらぼくも不思議に見えるのだろう。

以前は、自分のズレ具合に、寂しくなったり、情けなくなったりしていたけれど、今はもう気にならなかった。ぼくみたいなやつは、ぼくだけではないことがわかっている。右田は「祭りなんかもともと大嫌いだ」と言うし、高松は「そんなことやって騒いでる場合かよ」と言った。

レイチェルさんは、「この町の大人はいったい何をしているのでしょうか」と、精力的に動き回っていた。広場だけでなく、町のあちこちに立っては、何かに取り憑かれたかのようにあの静かな踊りをし、レイチェル・カーソンとして話をしていた。孤独な闘いを、生まれ変わったこの世界でも、もう一度行っていた。

＊

その日の午後は暖かくて授業中眠くて仕方がなかった。窓際の席の子たちが騒ぎ出したので目が覚めた。

「お化け女だ」ざわめきは教室中に広がった。

杉内先生は「静かにしろ」と黒板を離れ、窓の外を見た。教室のみんなも席を立ち、窓のそばに集まった。ぼくもすぐに席を立った。

レイチェルさんだった。

ダンボール箱を抱えて歩いていた。校庭の真ん中まで来ると、箱を足元に置き、いつものようにゆっくりと身体を揺らし始めた。

「あの顔、頭がおかしいのか」杉内先生はあんなに批判していたくせに、本物を見るのははじめてらしかった。「あの箱、爆弾《ばくだん》なんか入ってやしないだろうな」そう言った。

ぼくたち三人は窓から「レイチェルさん！」と叫んで手を振った。

レイチェルさんは、ぼくたちのいる校舎を見上げると、ゆっくりと手を振った。そして、ゆっくりとしゃがみ、ゆっくりとダンボール箱を抱え上げた。校舎から男の先生が駆け出して行くのが見えた。少し遅れてもうひとり。渡辺《わたなべ》先生と楠田《くすだ》先生だ。

レイチェルさんは、先生たちに捕まる前にダンボール箱の蓋を開けて空に向かって振り上げた。ダンボール箱から白や黄色や水色の小さな紙切れのようなものが飛び散った。それは、ひらひらと広がって行った。蝶だった。屋敷の周りで集めて来たのだろう。

沢山の蝶が舞う校庭をレイチェルさんは走り出した。ふたりの先生がそれを追いかける。レイチェルさんは走るのが速くて、そのまま先生たちを振り切って裏門から出て行った。

ぼくたちは拍手《はくしゅ》をして喜んだ。手を叩いているのはぼくたち三人だけではなかった。杉内先生は「学校を侮辱《ぶじょく》している」と怒っていた。

蝶が舞う校庭を見て、みんなは不思議なことを言った。「そういえば、蝶を見たの久しぶり」「今年になって蝶見てなかったことに、今気がついた」「蝶って減ってるのかな」。寒くて、蝶もいない、明らかに奇妙な春だというのに、その異変に今気がついたというのだ。

校庭に強い風が吹いて土埃を捲《ま》き上げた。辺り一面茶色くなった景色が元に戻ると、蝶は一匹もいなくなっていた。

いつまでも席に戻ろうとしない生徒たちに杉内先生は苛立った声で怒鳴った。すぐに授業を再開するとチョークを何本も折りながら板書した。いつも機嫌が悪いのに、ますます悪くなった。先生は蝶が舞うのを見ていたのだろうか。ひょっとしたらもう怒りで何も見えなくなっていたのかもしれない。

ぼくは、蝶を見たみんなの反応について考えていた。町中に舞いつづける土埃がぼくたちの心の目を覆《おお》い隠しているのだと思った。レイチェルさんは、ぼくたちを目覚めさせるために蝶を放ったのかもしれない。ダンボール箱を見て杉内先生が爆弾かもしれないと言ったのは間違いではなかったのだ。あれはきっと蝶の爆弾だったのだ。

開いたノートの上に、茶色い土の粒子《りゅうし》が積もってくる。いつもなら気にせず、手で払いながら使う。でも、ぼくは急に耐《た》えられなくなってしまった。鉛筆《えんぴつ》を握る手もジャリジャリする。手で払うだけでは追いつかない気がして、開いたノートを振り回し、叩いた。何度やっても、すぐに粒子は紙の上に積もってくる。

「ネジ、やめろ」杉内先生は繰り返しぼくを注意した。そのたびに右田が振り向いてぼくを見ていた。高松もぼくを見ていた。クラスのみんながぼくを見ていた。

ふいに顔が生ぬるく感じて、なんだこれはと思った。あ、鼻血が出ているなとわかった。

「先生、鼻血、鼻血」ぼくは両手で鼻を覆いながら席を立った。

杉内先生はぼくを見て、「何を言ってるんだ、お前」と冷たく言った。

隣の席の香山《かやま》も「なんともないわよ」と言った。

自分の手の平を見てみると確かに血はおろか、鼻水さえ付いていなかった。おかしいなと思いながら、生温かく流れつづける鼻血をズルズルと啜り、両手で鼻を覆った。

香山が自分の机を少し向こうに離した。

「ネジ、落ち着け」杉内先生は言った。それでもぼくの鼻血は止まらなかった。見えないけれどきっと鼻血は出ていたのだと思う。

＊

レイチェルさんが学校に現れた頃から、高松はあまり話さなくなった。

「あいつの背中からメラメラと青い炎《ほのお》のようなものが見える」と右田は言った。ぼくには何も見えなかったけれど、そういう感じはわかった。確かに高松は静かにメラメラしているようだった。

「メラメラを写真に撮ってみよう」という話になった。高松は断らなかった。面白がってもいなかった。

三人で公園に集まって写真を撮った。高松は右田に言われるまま、座ったり、目を閉じたり、近くの墓地へ行ったりもして写真を撮られた。右田はぼくのことも撮った。高松はカメラを取り上げると自分と同じことを右田にもさせた。

道端で撮っていると、身体の大きな男の人がやって来た。どこかで見たことがあると思ったら、この前学校へ来た花井のお父さんだった。

高松は何か言いたそうだった。でも花井のお父さんはどこかへ急いでいるようだった。

右田はこっそり花井のお父さんの後ろ姿を撮った。

「あのおっさんのせいだろ」高松は言った。町に土が運ばれてくるようになったのは、花井のお父さんの働きかけが大きかったと聞いていた。「だから娘が不登校になるんだよ。会いに行ってみようぜ、花井に」

高松の勢いは止められず、ぼくたちは花井の家へ向かった。

三人とも花井を見たことがなかった。家が近い右田でさえそうなのだ。デブでブスで臭いという女の子を訪ねるのは、ちょっとした冒険《ぼうけん》だ。

花井の家は庭も広い。門の所で呼鈴を鳴らした。いくら待っても誰も応答しないから勝手に庭へ入って玄関まで行きドアを叩いた。最初にレイチェルさんの所へ行った時と同じようだなと思った。突然、警報機が鳴り出した。びっくりして一目散に逃げた。

「なんなんだよ、あの家は」と、ぼくたちは口々に言った。

高松は「捕まるとまずいよ。おれ、前科一犯だから」と自分で言った。右田は笑っていたけれど、ぼくは笑えなかった。

あんな風に近づくすべての人を最初から悪者扱いする家なんて、どうなのだろう。ぼくの家も変だし、右田の家も変だし、高松の家も変だけれど、花井の家もかなり変だ。この町はみんな変だ。ぼくは、見たことも会ったこともない花井のことが、また気になった。

＊

写真の高松には薄い青い光の線が出ていた。右田が見えると言っていたのはこれだという。ぼくの写真にも、右田の写真にも、そういうものは写っていなかった。自分自身のメラメラを見た高松は興味深そうに見入って、「大丈夫かな、おれ」と不安の混ざった顔をした。

右田は「何言ってるんだよ、お前すごいよ」とちょっと羨《うらや》ましそうに言った。右田のカメラはやはり、目に見えないものを写す。

メラメラの高松は前よりも目が鋭くなったかもしれない。ときどき強い目でこちらを見られると落ち着かなくなる。目つきが悪くなったのとは違う。いつも何かに気持ちを集中しているのだろうか、緩みのない張り詰めた精神状態を感じた。

＊

ぼくたちは毎日、つちのおどりの練習をしなければならなかった。高松は嫌々ながらも、なんとか付き合っていた。それは、右田やぼくも同じだった。それから、クラスのテーマである「一致団結」を、日に何度も掛け声みたいに言わされるようになったことも嫌だった。

練習中、「遠くから来るお客さんたちに恥ずかしくない完璧なものを見せましょう」と先生たちは言う。「恥ずかしくない」ってどういうことなのだろう。別にぼくたちは自分たちのことを恥ずかしいなんて、これっぽっちも思っていない。

全校生徒が集まっての練習途中で、高松が列を離れた。すぐに杉内先生が追いかけた。ぼくは、踊りながら高松を目で追いつづけた。

杉内先生が高松の肩に腕を回して何か話している。しばらくすると、高松は杉内先生と一緒に列へ戻って来た。高松の顔を見ると唇《くちびる》を噛み、なんとも情けない顔だった。メラメラ高松ではなかった。何か傷つくことを言われたのかもしれない。

それを見て思わずぼくは列を離れた。自分の意思というより、足が勝手に動き出したみたいだった。杉内先生は高松を列に戻す途中で、「こらネジ、勝手に離れるな！」と怒鳴った。ぼくは構わずに歩きつづけた。

「こら、右田！」後ろでまた杉内先生の声がした。

さらに、「あっ！　おい高松！」また聞こえた。

ぼくは楽しくなって校庭をどんどん歩いて行った。水飲み場へ向かっていた。

その時、視界の上のほうに白いものが横切った。顔を上げて目で追うと、蝶だった。いつの間にか校庭には無数の蝶がいて、子供たちの頭の上を飛び回っていた。整っていた列は崩れ、みんなが両手を上げて蝶を追った。ぼくは、すぐに周囲を見回した。レイチェルさんの姿は見つけられなかった。

ぼくら子供たちは、無数に舞う蝶の下でバラバラになりながら一致団結していた。ぼくは、バラバラになった集団の中に走って戻り、みんなと一緒に大騒ぎしながら蝶を追いかけた。春だな。その年はじめて思った。

校庭を飛び回る蝶は、賢《かしこ》くて、すばしこくて、自由だった。沢山いるのに、ほとんど子供たちに捕まることなく華麗《かれい》に飛び回り、しばらくすると一斉《いっせい》に高く飛び上がって、どこかへ行ってしまった。

蝶の騒ぎが終わるまで先生たちは子供たちをどうすることもできなくて、ようやく列を再編することができた時にはぐったりと疲れた顔をしていた。蝶のおかげか、高松も右田もぼくも先生たちに叱られることはなかった。

練習が終わり、下駄箱《げたばこ》で靴を履き替えながら高松は、「ふたりが列を離れた時、馬鹿なやつらだなと思ったけど、嬉しかったな」と言った。

ぼくは、自分がなぜ列を離れたのか、それを聞いてわかったような気がした。高松は頭がいいけれど、ぼくたち三人の中でいちばん馬鹿野郎なんだよな、と思った。

右田が「馬鹿で悪かったなあ」と言うと、高松は「馬鹿が世界を救うんだ。頭だけいいやつなんかロクでもないよ」と言った。いつも比較されてしまうお兄さんのことを言っているようにも聞こえた。

＊

広場の銀杏の大木が倒れたのは、一晩中強い風が吹きつづけた早朝だった。町中に残念がる声が広がり、それから話題は原因探しへと移って行った。

管理が悪かったとか、異常気象のせいではないかとか、いろいろなことが語られたけれど、いつの間にかレイチェルさんのせいだと噂されるようになった。銀杏の下にいつも立っていたし、そもそも疫病神《やくびょうがみ》扱いされていたからだ。

広場のすぐ近くに住む、同じクラスの東原はその朝、「地響きで目が覚めた」と話した。「樹齢二百年だったから寿命だったんだよ。あのおばさんのせいじゃないよ」と、悲しそうだった。

銀杏の木を供養《くよう》する集会というのが、町中あちこちで催《もよお》された。ぼくたちの学校でもあった。校庭に集められてみんなで黙禱《もくとう》を捧《ささ》げた。校長先生は「これも町が新しく生まれ変わるということの、何かの示唆《しさ》かもしれません」と言った。

ぼくは、もしかしたら土の影響があるのではないかと疑った。それなのに、みんなはレイチェルさんのせいだと決めつけようとして、ぼくは、いよいよレイチェルさんのことが心配になった。

＊

レイチェルさんは、いつかのスーちゃんと、スーちゃんのお母さんと一緒に屋敷の庭にいた。ぼくたち三人に気づくと手を振って迎えた。荒れていた庭は、枯《か》れ木や枯れ草も取り除かれてすっきりとしていた。

「素敵なお庭にするつもりです」と、ぼくたちに教えた。町に立っている時や、学校へ現れた時とは違い、楽しそうだったから安心した。

「ちょうどスープを作っているところですから、中に入りましょう」ぼくたちと屋敷に入った。

右田は前に撮影したレイチェルさんの写真を持って来ていた。ようやく実体が写ったのだ。レイチェルさんは写真を気に入ったようで、「わたしはいつも写真写りがよくないのですが、これはとても上手に撮れていますね」と喜んだ。

「もう心霊写真はやめようかな。やっぱり、生きてる人間を撮るほうが面白いってわかってきた」右田がそう言うと、高松は「幽霊はうまく撮ってても喜んでくれないしな」と言った。レイチェルさんが笑った。

スーちゃんとお母さんは、あれからもう何度か屋敷へ来ているらしかった。屋敷の中はレイチェルさんの寝室以外すべてスーちゃんの遊び場になっていて、かくれんぼをしたり鬼《おに》ごっこをしたりと賑《にぎ》やかだ。レイチェルさんは「大好きなスーちゃんをここに閉じ込めてしまいたい」と言って追いかけてはキャーキャー喜ばせた。

「きょうね、きもちわるくて、ほいくえんおやすみしたの」スーちゃんは言った。お医者さんに行って来たという。でも、スーちゃんはもうすっかり元気そうだ。

「鼻血を出して微熱《びねつ》もあったのに、どこも悪くないと言われて」スーちゃんのお母さんは言った。

レイチェルさんは心配そうに話を聞き、スーちゃんの様子をお母さんと一緒に見守っていた。

「夫は医者なんか行くな、いちいち気にするなと言うんです」

スーちゃんのお母さんは、レイチェルさんに自分の旦那《だんな》さんの話を始めた。ぼくたちが近くにいるのも気にしていないらしい。ぼくは聞こえてくるのを、つい盗み聞いてしまう。

スーちゃんのお母さんは、スーちゃんと一緒にレイチェルさんを訪ねていることを、旦那さんに話したようだった。それで旦那さんと言い争いになったらしい。

旦那さんは町の多くの人たちと同じように、レイチェルさんのことを嫌っているようで、幼い娘をそんな頭のおかしな女の所へ連れて行くなんて正気ではないと怒ったようだった。

「あの人には見えていないんです。娘のちょっとした変化が」スーちゃんのお母さんは声を大きくして言った。「わたし、本当に心配なんです」

レイチェルさんは、スーちゃんのお母さんの肩に手を当てた。

「あの人ったら。わたし、ちっともおかしくなんかないのに。悔しいです」声を抑えきれないようだった。

お母さんの様子に気づいたスーちゃんは、すぐにそばへ行って、小さな身体でお母さんのことを抱きしめてあげていた。お母さんは、「ありがとう」と言ってスーちゃんを抱き上げた。

レイチェルさんは、スーちゃんとお母さんに「大丈夫ですよ」と声を掛けた。

「わたし、夫がなんと言おうと、これからもここへ寄らせてもらうつもりです」スーちゃんのお母さんがそう言うと、スーちゃんも「よらせてもらいます」と言った。

「旦那さんのことはもう考えなくていいと思います。スーちゃんのことだけ」レイチェルさんは、そう言うとスーちゃんのほっぺに手を触れた。

「うわあ、つめたい」スーちゃんが驚いた。

「スーちゃんのお顔は熱いくらいですね」レイチェルさんは笑って言った。

スーちゃんのお母さんは、一瞬、前に見た時のような神妙《しんみょう》な顔をして、すぐに笑顔を取り戻した。


テーブルについてみんなでスープを飲んでいると、いつの間にか部屋の片隅に見たことのない女の子がひとり、立っていた。子供の幽霊かと思った。透《す》き通るような青白い肌をしている。痩せていて背が高い。町にはあまりいないような洗練された顔立ちの子だった。すぐにレイチェルさんが気づいて部屋を出て行った。女の子はそこに黙って立っていた。戻ったレイチェルさんからスープを受け取ると、礼も言わずぼくたちを見もしないで部屋から出て行った。

「誰なの」高松が訊いた。

「気になるのですね」レイチェルさんは悪戯《いたずら》っぽく笑った。

「別に」と、ぼくは言ったけれど顔が熱くなった。

「あの子は、わたしの友人ですよ」レイチェルさんは言った。「以前から植物の雑誌を通じて手紙をやり取りしていて、わたしたちとても気が合うのです」

「この町の子ではないよね」右田が訊くと、この町の子だと教えた。

「見たことないな」高松が言った。小さな町だから大抵の子の顔なら知っている。

「わたしは、せめて彼女ひとりだけでも救いたいと思っています」レイチェルさんは覚悟しているようにそう言った。

「あの子、名前は?」ぼくは訊いた。

「花井美土里さんです」

驚いた。でも、やっぱりとも思った。まさか本当にそうだとは思わなかったけれど。あの痩せた色白の女の子が、デブでブスで臭い不登校の花井だなんて。右田も高松も信じられないというような顔をした。

「花井って人前に出られるんだな」高松は言った。

「わたしに会うために必死で家から出て来たそうです。はじめてここを訪ねてくれた時には、本当に死んでしまいそうな顔をしていましたから」

花井とレイチェルさんがどんな話をするのか、聞いてみたいと思った。学校へ行けないってどんなことなのかも訊いてみたい。

「勇気を出して自分の意志で羽根を付けたのですね。この種のように」レイチェルさんはテーブルの上に置いてある、大きな珍しい種を手にして言った。羽根のようなものを付けている。

その言葉でレイチェルさんが珍しい種を集めていることと、町に突然現れたことが、なんとなく重なった気がした。

スーちゃんのお母さんは口元を固く結び、その種を見ていた。

「わたしたちは今日、庭に種を蒔《ま》きました。芽が出て葉を広げ、花を咲かせる。とても楽しみです。明日を生きるというのは、結局そのことのような気もします」

「はやくさかないかなあ」スーちゃんが言うと、みんなが笑った。

レイチェルさんは自然を通して人間について話す。自分が人間だということさえ、あまり好きではないのかもしれない。

「この世界の生き物で、この世界の真理を知らないのは、もしかしたら人間だけなのかもしれませんね」そう言ったレイチェルさんの身体が一瞬、白く光ったような気がした。窓から外の光が差し込んでいた。

その瞬間《しゅんかん》、ぼくは自分たちが人間社会から遠く離れた場所にいるように錯覚《さっかく》した。

レイチェルさんとぼくたち三人。それに花井がいた。そこは幽霊屋敷のような特定の場所ではなく、でも、どこかの場所ではあった。そこは町や学校のみんなからはずいぶん遠い場所のようだった。

気がつくとぼくは元のテーブルにいて、細長い大きな種を手にしていた。この種もまた不思議な形をしていて、羽根はないけれどパラシュートのようなものを付けていた。きっとこの種は、今ぼくたちがいた「遠い場所」で生まれ、そこから飛んで来たものなのだと思った。ぼくはその時、人生ではじめて精神的な旅をしたのだ。種と一緒に。

レイチェルさんは話しつづけていた。「誰から教えられることもなく、そのタイミングが来れば種は自分で芽を出して命をスタートさせます。繰り返される自然の反復という大切な役割をまっとうするために。きっと、すべての種にこの宇宙すべての智慧《ちえ》が詰め込まれているのでしょう」

その通りかもしれない。ぼくは、夜空を見上げる時に感じる、気が遠くなるような感覚を思い出した。

「冷めますよ」レイチェルさんに言われて、種を置き、スプーンを持ち直した。

スープはちっとも冷めてはいなかった。今注いだばかりのように湯気が立っている。屋敷では時間や音や温度など、すべての感覚が少しズレているような気がする。気のせいとは思えなかった。

息を吹きかけて冷ましながらスープを啜った。レイチェルさんのスープを飲むと、ぼくはいつも力が湧く。

しばらくしてスーちゃんたちが帰ってしまうと、レイチェルさんの様子が少し落ち着かなかった。きっと、スーちゃんのことが心配だったのだろう。

＊

ぼくは数日おきにお父さんが置いていくお金を持って、スーパーマーケットへ、自分の食事のための買い物に行く。

その途中で、酒屋の前に立っているレイチェルさんを見かけた。前に耳にしたアルコール依存性だという話を思い出した。

どうしようかと迷ったけれど声を掛けた。レイチェルさんは、ぼくに気づくと笑顔で応えた。

「お酒飲むの？」

「いいえ、今はもう」

「昔は？」

「飲みましたよ」

「沢山？」

「そうですね」

ぼくたちは一緒に歩き出した。

「スーパーに行くところなんだ」

「お買い物なんて偉いですね」

すれ違う人たちが、白塗りのレイチェルさんと並んで歩くぼくのことを、じろじろと見る。そんなのは無視をした。

スポーツ用品店の前を通る時、ぼくに頼みたいことがあると言ってきた。

「わたしの代わりにサッカーボールを買って来てくれませんか?」自分は店の外で待っているという。

ぼくがサッカーボールを持ってレジに行くと、店のおじさんは「あのお化けに頼まれたのか?」と怒ったような顔をして言った。

「なんのこと? 知らないよ」ぼくはとぼけた。

店の外で待つレイチェルさんにサッカーボールを渡した。レイチェルさんはぼくに礼を言って、それからぼくのズボンを見ていた。だいぶ丈が短い。

「すぐ小さくなるのよね」いつもの丁寧な言葉遣いではなかった。よく同じ言い方をしたお母さんを思い出した。

「ちょっと付き合ってくれる?」そう言うと、ぼくの腕を引っ張り、歩き出した。

スーパーマーケットまで来ると、レイチェルさんは化粧室《けしょうしつ》へ行き、ぼくは待たされた。化粧室から出て来たレイチェルさんは素顔《すがお》だった。少し照れ笑いをした。本当はとても表情の豊かな綺麗な人なのだ。

そのまま子供服売り場へ連れて行かれた。ぼくはレイチェルさんが手に取るシャツやズボンを、何着も身体にあてがわれた。「小さいかな」とか「大きいか」などと、とても楽しそうだった。

ぼくは言われるままに青と、黄色の長ズボンを試着した。レイチェルさんは「青のほうが似合う」と言った。そして、青のズボン、黄色のズボン、チェックのシャツ、肌着、靴下をレジへ持って行った。サッカーボールはぼくが持った。

素顔のレイチェルさんは美人で、店員や客たちは誰もあのレイチェルさんだとは気づかないようだった。レイチェルさんが頼むと、女の店員は笑顔で袋《ふくろ》をふたつに分けた。レイチェルさんは青いズボンの入った袋をぼくに渡した。「穿いてね。似合ってたから」

ぼくはびっくりしてお礼を言うのにとても苦労してしまった。やっとのことで声にすると、「かっこいい男の子になってね」と言われた。

サッカーボールもそうだし、もうひとつの袋に入った服は誰のものなのだろう。でも、ぼくは何も訊かなかった。

レイチェルさんとぼくは、スーパーマーケットの一角にある軽食コーナーへ寄り、ふたりでソフトクリームを舐めた。ぼくたちは白いバニラに土埃がつかないように気をつけて急いで舐めた。

ぼくは、くるぶしが見えるくらい短くなった自分のズボンを見て、お母さんがいなくなってからの時間の長さを感じた。今はどうしているだろう。

レイチェルさんは最後のほうになると、コーンの下に口をつけて残りのソフトクリームを吸い出しながら食べた。

「うちのお母さんと同じだ」思わず言った。

「あら、そう。路矢くんはやらないの?」

「やるかな」

ぼくも小さくなったコーンを下から食べた。

「ズボン、お母さんに怒られてしまうかしら」

レイチェルさんは、ぼくのお母さんのこともお父さんのことも知らない。話したことがなかったから。

「いや、大丈夫」

「そう。路矢くんのお母さんは屋敷に遊びに来ていることは知っているの? 行くのをやめなさいとは言われない?」

「ええと」ぼくはどうしようかと迷ったけれど、「お母さんは出て行ったんだよ」と正直に教えた。ぼくを捨てて、とは言えなかった。

レイチェルさんの表情が暗く変わった。「いつから?」

「もう一年になるかな」なるべく明るい感じで応えたつもりだった。

「そうだったの。食事なんかはどうしているの? お父さんが用意してくれるのかしら」

「うん。ぼくも少しは手伝ってる」嘘をついた。

「お母さんに会いたくはならない?」

「それは会いたいよ。だけど、考えないようにしてる」

「お母さんの顔、覚えてる?」

思い出してみた。笑っている顔、怒っている顔、泣いている顔。最後に見たのは泣いている顔だった。

「覚えてる」

「そう。そうよね」レイチェルさんは突然、顔を大きく歪ませた。そして、両手で顔を覆って下を向いてしまった。

ぼくはびっくりして、身体を震わせるレイチェルさんに、「大丈夫?」と声を掛けて背中をさするのが精一杯《せいいっぱい》だった。

レイチェルさんは繰り返し頷いて、「ごめんなさいね」と苦しそうに言った。サッカーボールと服の袋を抱きしめるようにしていた。それはなんだか溺《おぼ》れかかった人間が浮き輪にしがみついているようにも見えた。

ぼくは、それまでのいつも背筋がしっかりと伸びて、少し神懸《かみが》かったようなレイチェルさんのイメージからすると、あまりに人間らしい様子に驚いたけれど、抱えている事情もなんとなく想像できた。サッカーボールと服が誰のためのものなのかも。

ぼくはレイチェルさんの隣に座り、落ち着くまでしばらく背中をさすった。背中は柔らかくて熱かった。少し石鹸《せっけん》の香りもして、ぼくはお母さんといた頃のことを思い出した。レイチェルさんは生まれ変わりなどではないと感じた。

お母さんはぼくを捨てて若い男の人と出て行った。お父さんからそう聞いていた。レイチェルさんの背中をさすりながら、今は許せないけれど、いつか許せるのかもしれないと思った。

ようやく落ち着いたレイチェルさんは、照れ臭そうに笑ってぼくに謝った。ぼくはズボンとソフトクリームのお礼を今度は躊躇せずしっかり言うと、買い物をして行くからと、そこで別れた。どうせレトルトパックしか買わないから、それを見られるのが嫌だったのだ。

買ってもらったズボンの袋を脇に抱えて、ぼくは食品売り場へ向かった。

野菜売り場のほうから、見たことのある男の人がうつむき加減に歩いて来た。

「お父さん?」ぼくは呼びかけた。ずいぶん顔を見ていないから、自信が持てなかった。

男の人は、ぼくを見もしないで、そのまますれ違って行った。

「お父さんてば」ぼくは呼んだ。

男の人は振り返らずに行ってしまった。ぼくにはまったく気づかないようだった。

スーパーマーケットを出ると人だかりができていた。誰か女の人が倒れていた。

分け入って近くまで行くと、レイチェルさんだった。頭から血が垂れていた。素顔だから誰もレイチェルさんだとは気づかない。

「どうしたの? 大丈夫?」

「男の人とぶつかって転んでしまったの」

ハンカチで傷を押さえて血を止めていた。出血は少なくて大きな怪我ではなさそうだった。

「急いでいたみたいで、わたしを突き飛ばしてそのまま行ってしまったわ」

ぼくは、それがお父さんでなければいいなと思った。ふとそんな気がしたのだ。

レイチェルさんは「ひとりで帰れるから大丈夫」と言って、途中までついて行ったぼくを帰らせた。別れる時に、買い物の中身を一瞬見られたような気がする。


家に帰ると、珍しくお父さんがいた。さっきのはやはりお父さんだったのだ。

「さっきすれ違ったんだよ、スーパーで。ぼく声かけたのに」

「そうか」

「忙《いそが》しいの？」

「そうだ」素っ気ない。

「ごはん食べる？」

「いや、いい」

久しぶりに見るお父さんは、痩せていて、髪も少し白くなっていた。

「変な女がうろついているみたいだな」

今さらそう言い出した。お父さんは忙しすぎて町のこともぼくのことも何も知らないのだ。ぼくはお父さんが幽霊のように見えてきた。

「そうなの？　知らない」とぼけた。

「頭がおかしいらしい。気をつけたほうがいい」

お父さんは、コップに水を汲《く》んで来て、いくつかの薬と一緒に飲み干すと、「仕事だ」と言ってまた出掛けて行った。

出がけに「祭り、楽しみだな」とはじめて笑った。

それを見たらお父さんには、本当につちのまつりは必要なのかもしれないと思った。ぼくは、つちのまつりが嫌で仕方がないのに。お父さんには、それくらいしかないのかもしれない。

お父さんのことを考えたらぼくは、急に恐ろしくなってしまった。追いかけようとすぐに家を出たのだけれど、お父さんはもう見えなくなっていた。お父さんが歩くのは、ぼくが走るくらい速い。お父さんはいつも何かに追われているように急いでいた。ぼくたちはもう随分、一緒に歩いていない。

一時期、お母さんがお父さんに怯えていたことがあった。お父さんの「殺してやる」という声をぼくも聞いたことがある。お母さんは、包丁やハサミなどの刃物《はもの》ばかりか、バットやスコップなど凶器になりそうなものはすべてどこかへ隠してしまった。

町に土が運ばれてくるようになったのも丁度その頃だったと思う。お母さんはいつもため息ばかりつき、こっそりと泣いていた。ぼくに「ふたりでどこかへ行って暮らそうか」と言った。ぼくは一緒に行くつもりだった。でも、お母さんは、あの朝ぼくを置いて出て行った。

祭りを楽しみだと言ったお父さんの気持ちを、ぼくは考えてみた。それは、花井のお父さんや校長先生や杉内先生たちが言っている「楽しみだ」とは違うような気がした。もっと、重みのない、漂うような、真っ暗な空間に投げ捨てられたような気持ち。そういうのがお父さんの、「楽しみだな」だったと思う。笑ってはいたけれど、まったく楽しそうではなかったから。

たまにしか顔を合わせないし、ほとんど話さないけれど、そういうのはなんだかわかる。やっぱり親子だからだろうか。お父さんも、ぼくの気分をわかることがあるのだろうか。ぼくはもうお父さんを好きにはなれないだろう。そんな気がする。だからといって、いなくなってもいいとも思えなかった。

新しいズボンを穿いてみた。「すぐに短くなるから」とレイチェルさんが言って裾《すそ》を切らなかったから、折り返して穿くことになる。お母さんはよく「子供の服があっという間に小さくなるのって、もったいないと思う反面、親の喜びよね」と母親同士のお喋りで話していた。

新しいズボンは鮮やかな青で生地《きじ》がまだ硬くて、下半身だけ他人のものみたいだった。折り返された裾の長さだけ、すでにぼくの未来が予定されているようだった。お母さんならこういう鮮やかな青は選ばない。ぼくは自分が服に追いついていないようで、なんだか恥ずかしかった。レイチェルさんのイメージする「かっこいい男の子」に自分はなれるだろうか。

古いズボンを捨てた。これからは自分で自分の服を買い替えていく。お母さんが買った服はきっと夏を過ぎる頃にはひとつも着れなくなるだろう。ぼくは長い裾を折り返して、それから折り返した裾を少しずつ元へ戻しながら大きくなっていくのだ。青いズボンは、そのことをぼくに教えた。


高松のお父さんから電話がかかってきたのは、ぼくが眠りにつきかけた頃だった。まだ家に帰っていないらしかった。右田の所へも、たった今電話したところだという。学校や警察にはまだ連絡はしていなかった。きっとこの前のこともあるから大ごとにしたくないのだろう。「もう少しあちこち連絡してみるよ」と高松のお父さんは言った。「まさか幽霊屋敷なんかには行ってないよね」と訊かれたから、「それはないと思う」と応えた。

すぐに右田に電話しようと思ったけれど、右田のお父さんが出たら困ると思い諦めた。パジャマを脱いで、青いズボンを穿いて家を飛び出した。夜の町はクルマも少なくて、歩いている人もあまりいなかった。

たまに来るのは土を運搬《うんぱん》するダンプカーばかりだった。こんなに夜遅い時間まで運び込まれていたなんて知らなかった。ぼくは丘へ向かってひたすら走った。

月が明るくて、雑木林の小径もひとりきりで怖くなかった。もちろん気が張っていたせいもあるけれど、我ながら少し強くなったと思えた。

屋敷には灯りが点いていた。電気も電話も通っていないからロウソクの火だ。

レイチェルさんは、遅くに訪ねて来たぼくに驚いた。素顔で、頭に包帯代わりの白い布を巻いていた。ぼくが心配すると、「もう大丈夫」と言った。まだ、いつもの丁寧な話し方ではなかった。

高松は屋敷には来ていなかった。事情を知るとレイチェルさんはとても心配した。すぐに捜しに出て行こうとして、思いとどまった。「もしここへ来たら、誰かいないと困るでしょう」しばらく迷って、屋敷にとどまることにした。

捜しに行くとしても思いつく場所は少ない。公園は高松のお父さんも見に行ったと言っていた。ぼくは、もしかしたら高松がこのままどこか遠くへ行ってしまうのではないかと心配になった。高松ならやりかねない気がした。特に最近の高松は、「どこか遠くへ行ってみたい」などと言うこともあったから。行ってしまうならぼくも一緒に連れて行って欲しかった。

レイチェルさんは何度も「眠くない？」とぼくを気遣った。高松がいつやって来てもいいようにと、スープを作り始めた。暖かくなってきたとはいえ、夜通し外にいたらまだまだ冷える。

スープが火にかけられると、少し落ち着いてきた。レイチェルさんは、ぼくのズボンにようやく気がついた。ぼくも穿いて来たことを忘れていた。

「ありがとう。すごく気に入っちゃった」あらためてお礼を言った。

「よかった。よく似合ってる」

ぼくは、サッカーボールや買った服をどうするつもりなのか訊いてみた。昼間は訊いてはいけないような気がして遠慮したのだけれど、今はもう確かめずにはいられなくなってしまった。

「子供に送るの。わたしの子供に。もうすぐ誕生日だから」レイチェルさんはあっさりとそう応えた。「でも本当はね、送りたいけど送れないの。毎年。今年も、きっとそう」

やはりそうか。昼間から想像はついていた。

「住んでる場所はわかるの？」

「ええ」

ぼくはお母さんが住んでいる場所を知らない。子供の住んでいる場所を知っているなら送るべきだ。会いに行くべきだ。

「どのくらい会ってないの？」

「もう五年くらい」

ちょうどぼくと同い年の男の子だという。どうして離れて暮らすことになったのか、ぼくは訊かなかった。自分のお母さんのこともあったからだ。どこかの町でお母さんもぼくのことを誰かに話すことがあるのだろうか。

「わたしたちが住んでいた町も、この町と同じだったの。状況はここよりも酷くて、環境汚染のために体調を崩す子供も多かったの。それなのに、大人はみんな平気な顔をして。だから、この町のお母さんたちは、わたしでもあるの。何かおかしいと気づいているのに、目を瞑《つぶ》っていたり、ひとりで悩んで孤立《こりつ》していたり。わたしもそうしているうちに、周りとのバランスがとれなくなって。気がついたら我《わ》が子を手放さなければならなくなっていたの。すべてを奪《うば》われて逃げ出すしかなくなってしまったの」

レイチェルさんは、ぼくが訊かなかったことを自分から話していた。

「自分の子供を守るために命を懸けようと思ったの。だけど、みんなから白い目で見られて。家族からも邪魔者扱いされて。挙げ句に町から追放されて。守るつもりが、全部なくしてしまった。それからは、あちこちを点々と彷徨《さまよ》って。あの子を奪われて、わたしは死んだの。もう生まれ変わるしかなかったの」

レイチェルさんは、自分の過去のことを話すと、やさしく笑った。そして、ぼくのことを抱きしめた。それから、それまで誰も入れることのなかった寝室を、見せてくれた。

その部屋にはどんな秘密があるのかと、ずっと謎に思っていたのに、ただ古いベッドがひとつあるだけだった。他には、写真が一枚だけ飾られていて、レイチェルさんはそれを見せた。

幼い男の子が捕まえたトンボを誇《ほこ》らしげに手にしていた。そのただ一枚の写真が、その部屋のすべてだった。それがレイチェルさんの、生まれ変わりのレイチェルさんではない、本人の世界なのだと知った。

ぼくは、子供に会わせてあげられないかと考えた。住んでいる場所がわかるなら、簡単なはずだ。でも、レイチェルさんの応えは、最初から諦めているような言い方だった。

「それはムリなの。わたしは近づいてはいけないことになっているから」

「お母さんなのに？　そんなのおかしいよ」なんだか腹が立った。

「お母さん失格だから」守りきれなかったことを後悔しているのだろう。でも、ぼくは励《はげ》ましたかった。

「ちょっと会うくらい平気だよ」と言うと、少し考えているようだった。

「顔がわかるかしら」

「わかるよ。お母さんの顔だもの」

「いえ、わたしが。大きくなったあの子の顔を」寂しそうな顔をした。

親が子供の顔をわからなくなるなんて考えたこともなかった。でも、確かにそうだ。子供はどんどん成長する。お母さんだっていつか、ぼくのことがわからなくなるのだ。ひょっとしたらもうわからなくなっているのかもしれない。

レイチェルさんは、ぼくの手を握りしめた。冷たい手だった。

「もうこの話は終わりにしましょう。下へ戻ってお茶を飲みませんか」話し方は、いつもの丁寧なものに戻っていた。

もう生まれ変わりなんてやめればいいのに。レイチェルさんはレイチェル・カーソンなんかではなくて、本人として生きるべきなのに。素顔のレイチェルさんを見ながら、ぼくはそう思った。でも、もしかしたら世の中のお母さんはすべて、レイチェル・カーソンの生まれ変わりなのかもしれない。そんな考えが頭の中を巡った。

「誰か来ましたか？」レイチェルさんは、そう言うと部屋を飛び出して行った。ぼくもついて行った。

廊下に出ると玄関のドアを叩く音が聞こえた。「夜遅くにすみません！　高松です！」声が聞こえた。

ぼくたちは階段を駆け下りた。玄関のドアを開けると、疲れた高松の顔があった。中に入るとその場に座り込んでしまった。

レイチェルさんが用意した水を一息に飲み干した。そして、ぼくがこんな時間に屋敷に居ることに今さら驚き、素顔のレイチェルさんにもようやく気がついた。

「捜しに来たんだよ」ぼくは言った。

高松は何も言わなかった。ただ泣いていた。ぼくも一緒に泣いた。高松がどこか遠くへ行ってしまわずに、ここに来てくれてよかったと思った。

落ち着いてくると高松は、話し始めた。

「土置き場で、運ばれた土の山をひとりで見ていたんだ。なんのためにこんなことをしてるのかな。いつまでつづくのかなって。考えていたら自分でもわけがわからなくなって、その場から動けなくなった。そのうちにどんどん暗くなって夜になって。また親父が怒ってるだろうなと思ったら帰れなくなって、ずっとそこにいた。おれ、親父が言うように頭がおかしくなったのかなと思ったらすごく怖くなった。だけど、空を見上げたら月が綺麗で、そしたらお前らのことも思い出して、それでようやく立ち上がって歩き出すことができたんだ。だけど家には帰りづらくてここへ来た」

話を聞いていて、ぼくも同じだよ、と思った。なんだかいつもわけのわからないものが行く先を塞《ふさ》いでいるような気がする。何かを考えようとしてもその圧迫感《あっぱくかん》に押しつぶされそうになる。ネジなんか締めても、締めても、ちっとも締まらない。どうしてみんなが平気でいられるのか、さっぱりわからない。

「とにかく、よくここへ来てくれました」レイチェルさんはそう言うと、黙って高松の額に手を当てた。

「冷たい」高松は言った。表情はだいぶ落ち着いていた。

「考えて、考えて、わからなくなることは大事なことです。わからないことがないというほうがよほどおかしいのです。あなたは頭がおかしくなどありませんよ」レイチェルさんは静かに言った。

できたてのスープを飲みながら、高松は「やっぱりシェルターを作る」と言った。

それから、ぼくたちは少し眠り、騒ぎにならないように朝方に帰った。

家の前にお父さんが立っていた。いつもならもう出掛けているはずの時間だった。

「お父さん」

お父さんは黙ったまま、ずんずんとぼくに近づいて来て、ぶたれるのだろうと思って目を瞑ったら、抱きしめられていた。土埃と煙草と何か油っぽい臭いがした。

「心配したぞ」

ぼくは泣きそうになった。高松は大丈夫だったのだろうかと、心配になった。

*

高松は顔に痣を作って登校して来た。「親父に殴られた」と言った。ぼくが心配した通りになってしまったようだ。

右田は、自分だけが家で寝ていたことを申し訳なさそうにし、悔しがった。

高松のお父さんはやはり大ごとにはしなかったのだろう。杉内先生は何も知らないようで、高松の顔を見るとぎょっとしていた。

朝からすでにふたりの生徒が鼻血で保健室へ行っていた。学級会の議題は、つちのまつりについてだった。何かといえば、つちのまつり、つちのまつりで、ぼくはもう、うんざりだった。

「とにかく全員が参加することが大事だ」杉内先生は言う。先生はますます変で、突然気持ちが高まったり落ち込んだりする。学校も町もすべてが、ネジが一本どこかへ飛んでしまったかのようだった。

そのうちに不登校の花井をどうするのかという話になった。花井だけ特別扱いはよくないという意見が出た。それで誰が花井を連れて来るかという話になり、「花井係」を決めることになった。ぼくはもう花井を知っている。責任のようなものを感じた。

「ぼくがやるよ」手を挙げた。あのネジが自分から手を挙げるなんてはじめて見たと、みんながざわついた。

「おれも」高松が手を挙げた。

「おれもやる」右田が両手を挙げた。

三人は花井係に決まった。そんなふざけた呼び名はやめさせたかったのに、杉内先生がみんなで決めたのだからとそのままにした。ぼくは飼育係と花井係を兼務《けんむ》することになった。そういえば花井も、名前だけだけれど、ぼくと一緒に飼育係だった。

花井係は、家を訪問するため授業中に外出することが許された。

花井は家にいなかった。レイチェルさんの所へ行っているのだ。ぼくたちはそんなことは知っていたから、そのまま授業をサボることにした。もともと花井を学校へ連れて行くつもりなどない。

「あれなんだ？」右田が気づいたのは通り過ぎて行くおばさんたちの行列だった。

「安売りでもあるのかな」高松がふざけた。

おばさんたちはみんな怒ったような顔をしている。

行列を見ていると、背後から「おい、君ら」と男の人の声がした。またしても花井のお父さんだった。

「小学生がこんな所で何してる。今は学校の時間だろう」

高松が逃げ出したから、ぼくたちも逃げた。

すると驚いたことに花井のお父さんは、走って追いかけて来た。「待て」と叫びながら追ってくる。振り返るな！　という高松の声が聞こえた。それでも気になって後ろを振り向くと右田が捕まえられるところだった。

「ダメだ、高松！　右田が捕まった！」そう叫ぶと高松も足を止めた。

花井のお父さんは、右田の肩に腕を回して取り押さえながら、ぼくたちのほうへ歩いて来た。

「おじさんな、学生時代は陸上選手だったんだ」そう言うと、右田の背中を強く押し出した。右田はよろめきながら前に出た。

高松が「乱暴はやめろよ」と言うと、花井のお父さんは笑い出した。

「さっさと学校へ行け。祭りの練習をしっかりやれ」と言った。

「あんたの娘はどうなんだよ」右田が泣きそうな声で言った。

「なんだと？　うちの娘は関係ないだろう」

「全部あなたのせいだ。町は土だらけだよ」ぼくはそれだけ言うのがやっとだった。

「何もない町が豊かに、有名になるんだぞ。この町の人みんなが望んだことだ。君らのお父さん、お母さん、みんなが望んだことだ」

「そんなの嘘だよ」ぼくはお母さんのことを思い出していた。

花井のお父さんはまた少し笑った。

「そうか。君らは、あの狂った女の所に集まっている子供だな。そうだろう？　それじゃあ教えてやる。あの女は病院から逃げ出してきた有名なおばさんだよ。あちこちの町で子供をだましては騒ぎを起こしてきたんだ。自分を生まれ変わりとか言うらしいが、全部出鱈目さ。何しろ病気なんだから」

そんな話など信じるつもりはなかったけれど、気持ちはざわめいた。

「他人のことをあれこれ言う前に自分の子供をちゃんと見てやりなよ」高松が言った。

「だからうちの子供のことはいいと言っているだろう。うちの話であって、町の話ではない。あんまり調子に乗るなよ」花井のお父さんは声をすごませ、恐ろしい顔で高松を睨みつけた。

「違うよ、同じだよ」高松は怯《ひる》みもしなかった。

ぼくは花井が屋敷に来ていることを、右田が喋ってしまうのではないかと心配だった。向こうも同じことをぼくに対して思っていたのかもしれない。ぼくが右田の顔を見たら、向こうも真剣な顔でぼくを見ていた。

高松と花井のお父さんは、しばらく睨み合っていた。

「いいかい君、町は今ひとつになって新しく発展しようとしているんだ。これはみんなが望んだことだ。誰が邪魔していいというものではない。ましてやよそから来た人間や、何もわからない子供がとやかく言うことではないんだ。この町の人間なら与えられた利益と権利を素直に喜んで受けとるべきだ。あのおばさんだって、いつまでもここへ置いておくことはできない」

「レイチェルさんをどうするつもりだ」

「大丈夫だ。酷いことはしない。あの人のためになることだ。君はもう少し大人がすることを信頼したほうがいい」

高松は何も言わず道路に唾《つば》を吐いた。そんな高松にびっくりした。なんだか後ろで眺めているだけの自分が恥ずかしい気がした。

「あの」

「なんだ」花井のお父さんがぼくを睨みつけた。

「もし、自分がやっていることが間違っているとわかったら、どうするつもりですか」

「間違えるわけはない。だがもし、そんなことがあればその時は逆立ちでもしてやろう」

「絶対しろよ」右田が言った。

花井のお父さんは、大きな声で笑うと「さっさと学校へ行け」と言い残して去った。

ぼくは疲れてぐったりした。右田も大きなため息をついた。高松だけが「ふざけるな」と何度も言っていた。


学校へ戻る間、高松は黙ったままだった。ぼくもレイチェルさんのことを考えていた。右田は「何かやってやろうぜ」と繰り返し言った。

頭がおかしいのはレイチェルさんなんかではない。あのおっさんや町のみんなだ。

「戻るのはやめよう」学校の正門が見えて来た所でぼくはふたりに言った。「レイチェルさんのことが心配だよ」

さっきのおばさん集団のことがひっかかっていた。花井のお父さんのことですっかり頭から飛んでしまっていた。

高松はすぐにピンときたようだった。右田はせっかくここまで戻ったのになぜ？というような顔をした。「安売りのわけないだろ」高松に言われて「あ、そうか」と理解したようだった。

屋敷までの道のりを、いつもよりも遠く感じた。

「自転車で行きたいくらいだな」高松は言った。ぼくたち三人は、いつも歩きだった。ぼくは自転車がなんとなく子供っぽいと思っていた。右田は自転車に乗れなかった。高松はどうしてなのだろう。訊いてみた。

「タイヤがパンクしたままなんだ」

「そんな理由なの」

「しかも前と後ろ」

「さっさと直せよ」右田が呆れた。

「前は親父が家でパンク修理してくれたから」

「ふん。で、今は？」

「今はもうなんにもしてくれない。神様ばっかだから」

「ああ」ぼくは高松の家のあちこちに貼られていたお守りを思い出した。

「お前のお父さん変わったよな」右田が言った。「前はもっと冗談ばかり言って面白かったもん。おれなんかもよく公園とか海とかプールとか遊びに連れて行ってもらったし」

「自転車、お父さんに直してもらいたいの？」ぼくは訊いた。

「少し前まではな。今は違う」

「自分でやってみろよ。お前なら簡単にできるよ。そしたら三人で海までサイクリングに行こうぜ」右田が言った。

「そうだな」

「レイチェルさんの子供のいる町まで行けないかな」ぼくは言った。

「子供？」

「なんだそれ」

「レイチェルさん、子供がいるんだよ。ぼくたちと同い年の。離れて暮らさなければならない事情があるみたいなんだけど。その子の誕生日なのにプレゼントも渡せなくて。なんとかしてあげられないかな」

ふたりはその話をはじめて知ったはずなのに、思ったよりも驚きはしなかった。なんとなくそんな気がしていたという。

「いいよ、行こうか」高松は興味深そうにした。

「行きはお前の後ろ、帰りは高松の後ろで、二人乗りな」右田も言った。

「乗れるようになれよ」と高松に言われると、「まあ、いずれはな」と、なぜか威張《いば》った。

「本当は、レイチェルさんは、この町から出て行ったほうがいいんだろうな」ぼくは言った。

「なんだよそれ」高松は不愉快そうに言った。

「お前、町のやつらみたいなこと言うなよ」右田も不満そうだった。

「だって、この町の子供たちを守るために頑張ってくれるのは嬉しいけど、本当はやっぱり自分の子供を守るべきなんだよ」ぼくは言った。

ふたりは黙ってしまった。そのうちに屋敷に着いた。


女の人が何人かで話している声が雑木林の小径まで聞こえていた。

庭には、おばさんたちの集団がいた。その中にレイチェルさんが囲まれていた。

おばさんたちはみんな怒っていた。「子供をだましている」とか、「町から出て行きなさい」とか、「病院へ戻ったほうがいい」とか、レイチェルさんに迫っていた。

リーダー格のおばさんは同じクラスの西山のお母さんだった。学校でも何かトラブルがあると、すぐに押しかけて大騒ぎする。杉内先生が前に学級崩壊させた時にもすごかったらしい。

「いい歳をしてそんな、顔を真っ白くして。生まれ変わりだなんて、どうかしてるわよ、あなた。だいたいよそから来てね、人の町のことや子供のことなんかを、とやかく言うってどういう了見《りようけん》ですか。あなたにわたしたちのことや子育てのことがどれだけわかるというのですか？　わかるわけがないでしょう。あなたどこかがおかしいんですよ」

レイチェルさんはおとなしく聞いていた。おばさんたちは誰もぼくたちに気づかないほど熱くなっている。

「あのババア、お前の顔こそなんとかしろよな」右田が囁いた。

「お願いですから町から出て行ってください。あなたが出て行かないと言っても、こちらは必ず出て行ってもらいますから」西山のお母さんが宣告するように言うと、他のおばさんたちも「出て行け」の大合唱になった。レイチェルさんは黙ったままだった。

ぼくは何か言ってやらなければと思った。おばさんたちのほうへ進もうとしたのを高松が止めた。

「行っても仕方ない」

おばさんたちは、レイチェルさんたちが種を蒔いた庭を滅茶苦茶に踏み荒らしてしまっている。

レイチェルさんが何か言った。言いたい放題のおばさんたちは、レイチェルさんが何か言っていることに気がつかないようで、しばらくしてようやく少し静かになった。

「わたしは種を蒔きました。この町に。その種はやがて芽を出し、絶えることはありません」

いったい何を言っているのかと、おばさんたちはざわめいた。レイチェルさんはつづけた。

「みなさんが今立っている場所は花壇《かだん》です。みなさんに踏み荒らされても、いくつかの種は必ず芽を出し、花を咲かせます。みなさんはわたしを排除できても、花が咲くことを阻止《そし》することはできないでしょう。種を追い出すことはできないのです」

この世界の言葉しか使っていないのに、レイチェルさんの言葉はどこか違う世界の言葉のように感じられる。

おばさんたちは肩すかしを食ったようだった。言い争いに負けた人のような顔をしていた。中には自分たちの立っている場所が花壇だったと知って、急に爪先立《つまさきだ》ちになり移動するおばさんもいた。

レイチェルさんは終始、態度を変えることはなく冷静だった。

「お子さんたちの声をよく聞いてください。子供は大人よりずっと上手に自然と対話できるのです。そんな彼らが今この町で暮らしていて何を感じているのか。よく聞いてあげてください。わたしにも子供がいます。わけあって会うことができません。その子供は病気です。わたしのせいです。後悔してもしきれません。みなさんは母親です。母親としての目で世の中を見ることを忘れないでください。大切な我が子を手放してしまうことになりかねないからです」

「ああもう、うるさい！」西山のお母さんが怒鳴るようにしてレイチェルさんの話を制した。「あなたもう黙りなさいったら。偉そうにペラペラと。わたしたちはあなたのお説教を聴きに来たわけではないの。あなたは町を出て行ってください。できるだけ早く。全国から大勢お客さんが来るのに、そんな顔をした人がうろうろしていたらみなさん怖がりますよ。町は治安良く、清潔にしておかないといけないの。だから、そうしてください。みなさん、もう失礼しましょう。なんだかとっても不愉快」

西山のお母さんがそう言ってレイチェルさんに背中を向けて歩き出すと、他のおばさんたちも後につづいた。「子供が病気なのによくも平気でこんな所にいられるものよね」な

ど と、最後まで非難の声を浴びせつづけた。

おばさんたちは、ようやくぼくたちに気づくと、「あなたたち学校は?」「あら、高松君じゃないの」「本当に嫌だわ、あの変態女、こんな子供たちを騙《だま》すなんて」などと口々に言って前を通り過ぎて行った。

ぼくたちはおばさんたちを無視して、レイチェルさんに駆け寄った。ぼくたちを見ると、「まあ、学校はどうしたのですか?」と呆れながらも嬉しそうに迎えた。

右田が「なんだよ、あのクソババアども」と怒っていると、レイチェルさんは「そんな言い方は駄目《だめ》ですよ」とやさしく叱った。でも、踏み荒らされた庭をしばらく残念そうに見てから、自分も「クソババア」と小さく呟いた。

踏み荒らされた土をほぐしながら、「大丈夫。いくつかの種は芽を出しますから。今は芽を出せなくてもいつか必ず芽を出す時が来ますから」さっきおばさんたちにも言ったことを、今度は噛みしめるようにぼくたちにも話した。それから、土のついた手でぼくたちの頭を順に撫《な》でた。

「日向が好きな子、日陰が好きな子、乾燥《かんそう》した場所が好きな子、種にもいろいろな子がいます。可能性を決して諦めず、急がず、適応し、条件が揃えば与えられたままを存分に生きる。それが種の強さです。何も植物だけではない、人だってそうなれると思います。今のあなたがたは、自分を咲かせる種です」そう言った。

高松は大きな花を咲かせそうだ。右田はちょっと変わった珍しい花を咲かせるかもしれない。ぼくはどうだろう。地味でもいいから強く咲いているような花がいい。

「やっぱり、土は大切なんだね」高松が言った。ぼくはどういう意味かよくわからなかった。

「そういうことって、生まれ変わる前の人生から考えていたことなの?」右田が訊いた。

「種だっていうようなこと」

「さあどうでしょう。前は考えていなかったかもしれないですね。生まれ変わってから考え始めたことかもしれません。いろいろなことがありましたから」

いろいろというのは、自分の子供のことだろう。こんな見知らぬ町までやって来て、顔をお化けみたいに真っ白く塗って、ぼくら子供たちのためにみんなから追放されようとしている。そんなレイチェルさんのことを思って胸がいっぱいになった。

思わず、「レイチェルさんは、ぼくたちのお母さんだよ。レイチェル・カーソンじゃなくて、レイチェル母さん」ぼくは言った。はじめに名前を教えられた時に聞き違えたことも、今では懐かしかった。

「うん、おれもそう思う。レイチェル母さんだ」右田が言った。

「レイチェル母さん」高松も言った。

レイチェルさんは「あなたたちは、わたしの大切な子供です」やさしくそう応えた。

そんな風に言われてぼくは幸せだった。でも、ぼくは、さっきここへ来るまでに話していたことを、もう一度考えていた。レイチェルさんを想う気持ちが強くなるとともに、息苦しくなった。

やっぱりレイチェルさんは、ここにいてはいけないように思えて仕方がなかった。今、ぼくはレイチェル母さんなんて言ってしまったけれど、それは本心なのだけれど、でも本当はぼくたちのお母さんではなくて、自分の子供のお母さんであるべきだ。よその子供たちではなくて、自分の子供を守るべきなのだ。


屋敷から玄関ドアが閉まる音が聞こえた。見ると、顔を白く塗った女の子がいた。

「あら、まあ」とレイチェルさんが呆れたような声を出した。

それは花井のようだった。素顔はかわいかったけれど、白塗りの顔のほうが、ぼくの花井のイメージにはぴったりだった。

花井は一瞬ためらったようにも見えたけれど、思い直したように近づいて来て、細く高い声で「レイチェル、さん、ごめん、なさい」と言った。ぼくたちははじめて花井の声を聞いた。

「なぜあなたが謝るのですか？」

「だって、さっきの、おばさんたち、きっと、わたしの、お父さんの、せい、だから」

「そんなことはありませんよ。あの方々にはあの方々の考えがあって、やって来たはずですから。何も問題はありませんよ」

花井は泣き出しそうな雰囲気になったけれど、なかなか泣き出さず、最後まで泣くことはなかった。ぼくはそんな花井を悪くないなと思った。簡単に泣くような女の子ではないから、これまで不登校をつづけているのかもしれなかった。


それから、レイチェルさんは、いつものように裏の雑木林に入って野草や山菜を摘《つ》んだ。花井もついて来た。花井は植物に詳しくてあれこれ見つけては摘んだ。

レイチェルさんと花井はそんなに会話をするわけではなかったけれど、話が合うのだろうということはわかった。

「そういえば学校」右田が思い出したように言った。

「ああ、やっぱり戻らないとダメかなあ」高松が呑気に応えた。

「もういいんじゃないかな」ぼくも言った。あと少ししたら放課後になる。

「ダメですよ」レイチェルさんに言われた。

「学校、行かないよね」ぼくは花井に訊いてみた。正直に自分たちが、ここに来る前に花井の家に行ったことや、その理由も教えた。

花井は力強く首を横に振った。ぼくはそれでいいと思った。花井係の仕事は、きっと花井をこのままにすることなのだ。

「ねえ、生き物は好き?」つづけて訊いてみた。これは同じ飼育係として。

今度は頷いた。よかった。それだけでぼくは来た甲斐《かい》があった。

＊

ぼくたちは公園にいた。

「そういえば、つちのまつりのことが新聞に載ってたぞ。小さくだけど」高松は毎日家で新聞を読んでいた。

「なんて書いてあったの」

「町がひとつになって準備を進めている新しいカタチの注目イベントだって」

「ふうん」嘘ばかりだなと思った。

「新聞ってさ、まったく同じ時間に、自分の知らない場所で何が起こっているのかとか、どんなことが考えられているのかとか、そういうのを知るのが面白いよ」

「高松は言うことが違うよな」ぼくが言うと、「新聞なんか読んだらすぐ眠くなるよ」右田も応えた。

「外国ではおれたちくらいの子供が鉄砲《てっぽう》持って戦争に行ったり爆弾持って戦車に突っ込んだりしてるような場所もあるんだぜ。自分の命を捨ててなんて信じられるか?」

「絶対にやだよ、おれ」右田は顔をしかめた。

「なんでそんなことするんだろう」

「貧しくて弱い国だからかな。それに宗教とか。強い国と戦うためにそうなるみたいだ」

「その子供たちは遊んだり学校行ったりしないのかな」

「たぶん、しないんじゃないか」

「ぜんぶ大人のせいなのにね」ぼくは言った。

高松は少し考えてから「それはわからない」と言った。意外だった。そんなことはぜんぶ大人のせいに決まっているのに。

「うちの親父はさ、信者っていうのになったんだけど。兄貴とおれには、全部お前たちの幸せのためだって言うんだよ。それにお袋と別れたのもお前たちのためだって。親父は自分のためじゃなくて、ぜんぶ子供のためだと思ってやってるんだよ。大人っていうのはさ、ちっともありがたくないことや間違ってることも、自分のためじゃなくて、誰かのためにやってたりするからな」

「だからって許せるの?」ぼくは訊いた。「子供が戦争で戦ったりして死ぬのとかを」

「許せない。でもよくわからないんだ、最近。おれは頭がおかしくなりそうだって感じることがある」高松は苦しそうな表情をした。それを見てぼくは、この前の夜のことや、学校に警察が来た日のことを思い出した。

「おれ、さっきの話でさ、土を運んでくるダンプカーを爆弾で吹っ飛ばせって思っちゃったよ。そんなこと考えたのが怖くなってすぐやめたけどさ」右田が言った。

「もしダンプカーを止めたら、土も来なくなって、祭りもなくなるかな?」高松が真顔で言った。

「ちょっとやめなよ」ぼくは高松の顔を見た。

高松は口元を緩めて「言ってみただけだろ。どうせ一台くらい止めたってなんにも変わらないよ」と言った。

大人が子供を諭すような口調に感じて、ぼくは少し不愉快だった。この頃はまったくそういう感じはなかったけれど、以前のぼくに対する、どうせお前は意見なんかできないだろう、という感じを久しぶりに受けた。それで、ムキになった。「そんなの、やってみなけりゃわからないよ」ぼくは言った。

「え?・」高松が意外そうな顔をした。

「一台止めたら、一台も止めないよりは、何か少しは変わるはずだよ」ぼくは言った。

「そんなの変わるわけないだろ」

「変わるよ」

「じゃあやってみろよ」だんだん高松もムキになってきた。

いつの間にか高松とぼくとで、立場が入れ替わってしまった。右田はそれを面白がっているのだろう。

「試《ため》しに一台止めてみるか」と、ぼくたちが本気の喧嘩《けんか》になる前に割り込んで来た。だいたい元はといえば右田の一言からはじまった話だ。

「よし、やろう」ぼくはすぐにそう言った。もちろん爆弾など手に入るわけもない。

「どうやって止めようか」右田に言われて、高松もその気になったようだ。

「駐車《ちゆうしや》してあるのをパンクさせるのはどう?・」右田がアイデアを出した。

「でもダンプカーのタイヤって頑丈そうだよ」ぼくが意見する。

「うん。だけど、確かに走ってるのを止めるよりは、停まってるのを動けなくするほうが簡単そうだよな」高松は言った。

「ガソリン抜いちゃうとか」

「窓ガラスにペンキをべっとり塗って見えなくするとか」

しばらく考えたけれど、ぼくたちにもできそうなことはなかなか思いつかなかった。

「止めるっていうのは、別に走ってる時でもできるんじゃないのか」高松がなぞなぞみたいなことを言い出した。「だからさ、走ってるのを逆手に取るんだよ。ほら、よく背中に落書きを貼る悪戯があるだろう」

「ああ」ぼくも教室でやられたことがあった。「この貼り紙をぼくに教えないでください」と書いてあって、本当にみんなは教えてくれなかった。ぼくは貼り紙に気づかずに一日そのまま過ごしたのだ。あの時は腹が立ったけれど、今はいいアイデアだと思えた。

「なんて書く?」三人でしばらく考えた。

「誰かわたしを止めてください」右田が言うと、ぼくたちは笑った。

「止めよう、つちのまつり」ぼくのは、当たり前すぎるとふたりを呆れさせた。

「わたしは安全ではない土を安全運転で運んでいます」高松のは、よく配達のトラックなどが後ろに付けているプレートをもじったもので、これにもぼくたちは笑った。

右田もぼくも高松の案がいいと思った。高松はぼくたちに褒められて嬉しそうにした。

画用紙とマジックと粘着《ねんちゃく》テープを買って来て同じ文句を何枚か書いた。書いた画用紙とテープを持って、ぼくたちは土置き場の近くの、いつも何台かダンプカーが停まっている空き地へ行った。

すでに土を降ろしたダンプカーが三台停まっていた。

「土積んでないけどいいか」高松は言った。

「気づかれなければ、また土を積んで戻ってくるよ」ぼくが言うと、右田は「ほんと根津みたいな運転手だといいよな」とからかった。「どういう意味だよ」ぼくは言い返した。

近くに運転手がいないことを確認して、画用紙をダンプカーの荷台の後ろにしっかりと貼り付けていった。落書きした紙を貼るくらい、そんなのは大した悪戯でもないはずなのに、とてもドキドキした。

荷台に付いている土を拾った空き缶で擦って落とし、集めた枯れ草で拭いた。そして粘着テープで画用紙を貼り付けた。書いてある文句を何度も見て、高松はやはりすごい、と思った。

安全ではないものを安全に運ぶって、矛盾していてなんだかすごく言い当てている。ぼくはそれを読んで自分のなかにずっとモヤモヤしたものがあったことに気づかされた。

きっと書いてあるような矛盾にぼくたちは自分の世界を奪われて生きているのだ。美味しくないものを美味しそうに運ぶ人がいて、幸せではないものを幸せそうに運ぶ人がいて、楽しくないものを楽しそうに運ぶ人がいて、その中でぼくたちは暮らしているのだろう。世界の終わりって、もしかしてそういうことなのかもしれない。核戦争とか天災で地球が終わるのではなくて、矛盾だらけなのに目を瞑って自分を誤魔化しているうちに本当の世界がどこかへ消えてしまうのだ。

そう考えたらぼくは思わず大きな声を出してしまった。「大変だよ！　高松！　右田！」

ふたりは人差し指を口元に当てて静かにしろと叱った。

ぼくは自分のなかで何度も「大変だ」と繰り返した。

世界は終わっていないふりをして、本当はもう終わってしまっているのかもしれない。学校は学校のふりをして、先生は先生のふりをして、ぼくの家はぼくの家のふりをして、お父さんはお父さんのふりをしている。ぼくはぼくのふりをしているのだろうか。

ぼくはしていない。右田もしていない。高松もしていない。レイチェルさんもしていない。花井もしていない。

よかった。そうだ、世界はまだ完全には終わっていない。何かのふりをしない本当のままのものが残っている限り。

「よし、行くぞ」高松が小声で合図して、ぼくたちは急いでダンプカーを離れた。

「どうかすぐに気づかれませんように」右田が手を合わせてそう言うと、高松は「神様なんかに頼るなよ」と言った。

ぼくは隣で見ていて高松はこれから先もそうやって、生きていくのだろうと想像した。

「アンデルセン童話に『裸《はだか》の王様』ってあるだろ、おれはなんか昔からあれが好きなんだ」

高松が言った。

「見えない服なんかあるわけないのに王様もみんなも見えるなんて言っちゃって、馬鹿な話だよな。ありえないよ」右田が言った。

「いやありえるよ。いつだって誰だって」高松は少し強い口調だった。

「おれはそうはならないよ」右田は高松の口調に反応したのかすぐにそう言い返した。

高松は、ふん、と流した。

「ぼくらのやってることも同じかもね」ぼくは貼り紙のことを、裸だと言った子供のようなことをしているのだろうかと考えたのだ。

「童話だと、王様に裸だと教えたのは子供だったけれど、おれ、あれは嘘じゃないかと思う。子供だっていざとなれば大人と同じようなものだろう。仲間外れは嫌だからきっとみんなと同じことを言うよ。だから、裸だと教えたのはさ、きっとよそ者か、頭が狂った人だよ」

レイチェルさんのことを言っているのだろうか。でも、確かにそうかもしれない。子供は純粋で素直だなんて嘘だ。そんなことは子供の自分たちがよく知っている。数十人のクラスの中でさえ、みんなと反対の意見を言うことや、おかしいことをおかしいって言うことはすごく勇気がいるし、難しい。

「仲間外れになって孤立するのは怖いんだよね」ぼくは自分に対して言ったつもりだ。

「コソコソやればいいんだよ」

え? 右田の言葉にはときどき戸惑う。コソコソってなんだよ。

「だから、さっきの貼り紙みたいにコソコソやればいいんだよ。ずるくても、なんでもいいから何かをやっていれば、裸はちゃんと裸に見えるはずだよ」

「へえ。右田、そんなこと考えてるのかよ」高松が感心した。

「レイチェルさんに言われたんだ。頭がおかしくなりそうな時は、なんでもいいから自分のできることをやりなさいって」

頭がおかしくなりそうな時だなんて、どうしてそんな話になったのだろうかと気になった。右田は普段はぼくたちには見せないけれど、いろいろ考えているのかもしれない。

なんでもいいからできることをやる。そういう意味ではぼくたちの貼り紙は、まあよかったのかもしれない。あのダンプカーが走り出すのが楽しみだった。

ひと仕事やり遂《と》げた気分でぼくたちはそのまま駄菓子屋に寄った。

シャッターが閉まっていて、「都合により閉店いたします」と書いた貼り紙があった。青のボールペンで書かれた貼り紙は、いつものあのおばさんの字らしかった。外のメダルゲーム機も無くなっていた。

「どうしたんだろう」右田が心配そうに言った。

「たいして儲《もう》かってなかっただろうしね」

「病気とかじゃないといいけどな」

ぼくはメダルゲームをもう一度だけやってみたかった。使っていないメダルはまだ家に何枚もあった。

右田が画用紙の残りを出して、マジックで何かを書き始めた。

「おばさんへ　長い間ありがとうございました。大好きなお店でした」

書き終えると高松がテープを切り、ぼくがシャッターに貼った。

閉店のお知らせの隣に貼った。あのおばさんがこの貼り紙を見ることは、もしかしたら、もうないのかもしれないけれど。

「なんか寂しいね」ぼくが言うと、「大人になってもこの店のことを覚えておこう」右田も言った。

「何言ってるんだよ」高松が呆れた。「いちいちそんなこと言ってたら、これから先、生きていけないぜ」

「お前は冷たいんだよ」右田が言い返したけれど、高松は何も応えなかった。

右田は急に、貼ったばかりの紙をシャッターから剝がすと、新しい画用紙にまた何か書き始めた。書き終えると今度は、自分ひとりでテープを切って、さっきと同じ場所に貼り付けた。

「わたしは安全ではない土を安全運転で運んでいます」

ダンプカーに貼ったのと同じ文句だった。

「馬鹿じゃないの」高松は言った。

右田は「うるせえ。もう行こうぜ」と歩き出した。

高松はぼくのほうを向くと呆れたという顔をして見せた。ぼくたちは右田の後を追いかけた。ぼくはなぜか、今この瞬間を忘れないぞ、と思った。

わたしは安全ではない土を安全運転で運んでいます。

ぼくは、この言葉を自分の心にもしっかりと貼り付けた。ぼくはこれからきっと、いろいろな矛盾に出会うだろう。いちいちこの落書きを貼り付けながら生きていこう。そう思った。

＊

屋敷の庭に蒔かれた種が芽を出し始めていた。おばさんたちに踏み荒らされたにもかかわらず、しっかり芽を出していた。

「植物がいちばん強いです」と、レイチェルさんは言った。「前の人生では蝶が好きでしたけれど、生まれ変わった今は、植物が好きです。このしたたかさに救われるような気持ちさえします」

レイチェルさんに言われると、今まで見向きもしていなかったようなことにこそ、じつは大きな世界が広がっているのだと思えてくる。

スープを飲みながら、ぼくたちはダンプカーの貼り紙のことを教えた。花井は部屋の隅にひとりで静かにしていた。

レイチェルさんは、ぼくたちの話を聞くと「あまり危ないことはやめてください。対立は愚《おろ》かなことです。わたしはそうやって感情で自分の目を閉じてしまうことが、いちばん怖いことだと思います。確かに自分が感じた違和感は大切にしなければなりません。でも、ただそれだけです」

花井は立ち上がると、足音もなく部屋から出て行った。

「ひとつずつお持ちなさい」レイチェルさんは集めている珍しい種をぼくたちにくれた。

高松は大きな羽根の付いたのを。右田は船のような形のだった。ぼくは柔らかいスポンジのようなもので覆われているのをもらった。

「意味はないですけれど、なんとなくそれぞれに合わせて選びました」とレイチェルさんは言った。

「風を待ちなさい。雨を待ちなさい。時を待ちなさい」

ぼくたちそれぞれに言った。三人はレイチェルさんが蒔いた種だった。

「ぼくたちは、もう大丈夫だと思う」ぼくはレイチェルさんに言った。

右田も高松も頷いた。

「だから、レイチェルさんも種になって、飛んで行くべき場所へ飛んで行くべきだよ」と、ぼくはつづけてそう言った。

レイチェルさんは何も応えなかった。

しばらくの間、ぼくたちはダンプカーを見かけるたびに、荷台の後ろを確認した。落書きを貼ったダンプカーを見つけることはできなかった。すぐにバレて、剝がされてしまったのだろうか。

＊

ぼくは、ダンプカーだけでなく、町のみんなの背中にも貼り紙を付けてやりたかった。実際に貼り付けた。

泥だらけで踊りの練習をする学校の仲間たちに。団結とうるさい杉内先生に。家にいないお父さんに。祭りの準備で盛り上がる商店街の人たちに。ぼくは心の中で、ひとりひとりの背中に、一枚、また一枚と、貼り紙を付けていった。

心の中の貼り紙は何枚あっても足りないくらいだった。ぼくにしか見えない貼り紙を背中に付けたままの人が町中あちこちにいた。

＊

真夜中に目が覚めてしまった。それから眠れなくて、レイチェルさんのことを考えた。レイチェルさんと、ずっと一緒にいたいと心から思った。でも、ぼくはもう一緒にはいられなかった。

レイチェルさんが長く抱えてきたタイムカプセルを開けたのは、ぼくだ。だから、抱えていることを受け止めて、ここから自由にしてあげる責任がぼくにはある。そうしなければ、レイチェルさんはこれから先の人生を、ずっと漂いつづけてしまうかもしれないのだ。それは幽霊の人生だ。レイチェルさんを、本当の幽霊にしてしまうことはできない。

ぼくだって、自分のお母さんには帰って来てもらいたい。だから、わかる。それが絶対的な答えなのだ。いくらぼくでも、この解答は間違わない。生きている人だって、いつまでも忘れられない無念を抱えて生きていれば、タイムカプセルになってしまうし、幽霊になってしまう。

＊

公園には、おばさんたちに囲まれているレイチェルさんがいた。「出て行け」と詰め寄るおばさんたちの背中にも、心の中で貼り紙を付けた。

ぼくは腹が立って、レイチェルさんを助けに行こうとして足を速めた。レイチェルさんは、ぼくが来たことには気づいていないようだった。

歩きながら、思い直した。つい、頭に血が上ってしまったけれど、ぼくは自分の「責任」のことを思い出したのだ。それで自分の気持ちを必死に抑えた。

それからぼくは、レイチェルさんの側には行かずに、おばさんたちの輪に加わった。そして、レイチェルさんに向かっておばさんたちと一緒に「出て行け」と叫んだ。何度も。

ぼくに気がついたレイチェルさんは驚いた顔をしていた。

自分の子供のことを守るべきだよ。だから「出て行け」。

こんな町へ逃げていたらダメだ。だから「出て行け」。

心でそう思いながら、「出て行け」と叫んだ。おばさんたちは、ぼくを褒めた。

レイチェルさんの目から涙《なみだ》が溢れ出していた。白塗りが涙で溶け出して、そこから素顔が見えていた。

「出て行け」そう言いながら、心でぼくも泣いていた。

「出て行け」そう言いながら、心でさようならと手を振った。

「出て行け」そう言いながら、心でありがとうと言った。

レイチェルさんがそこから逃げるようにして立ち去るまで、ぼくは、おばさんたちと一緒に「出て行け」と繰り返した。

ぼくは本気でレイチェルさんを町から追い出すつもりだった。

本当はもっと一緒にいたかったけれど、レイチェルさんのことが好きだったからそうしたのだ。レイチェル・カーソンの生まれ変わりなんかもうやめて、自分の人生を取り戻してもらいたかった。きっとレイチェルさんもわかってくれたはずだ。

＊

朝早くに、警察官が家にやって来た。背中にはやはり、ぼくにしか見えない貼り紙がくっついていた。

「ちょっといいかな」と言うと、玄関に入って来た。抵抗《ていこう》したけれど止められなかった。

「君ね、花井美土里って女の子を知っているよね」そう訊かれた。

花井が何かしたのだろうか。ぼくは「知らない」と応えた。

「同じクラスじゃないか。調べてわかっているんだよ。ここへは来ていないかな?」

知りません、と首を横に振ると、「見せてね」と、家の中をあちこち調べられた。

「もしここへ来たら警察に連絡をしなさい。わかったね」そう言うと、ようやく帰った。

ぼくはすぐに家を飛び出して花井の家へ向かった。

何かあったのだ。夢中で走った。

花井の家の前にはパトカーが四台も、赤いライトを回転させたまま停まっていた。家に近づくことはできなかった。近所の人たちが集まっていた。その人たちの背中にもぼくの貼り紙があった。「不登校だったんでしょう」「親を刺すなんて」そんなヒソヒソ話が聞こえてきた。

花井は、ぼくたちがダンプカーを止めようとしたのと同じように、きっと自分の父親を止めようとしたのだろう。今では花井の考えていることが対話しているようにわかる気がした。

そこから近いのは右田の家だったけれど、ぼくは丘へ向かった。

通勤や通学の人たちの流れと逆行して走った。途中、知った顔もあった。警察官が多いと思ったけれど、その日が特別なわけではなくて、つちのまつりが間近になったこの頃では、いつもそうだった。

花井はまだこの町にいるだろうか。

レイチェルさんと、どこかへ逃げたのだろうか。

花井のお父さんは少し腕を切られただけだと、さっき花井の家の前で拾い聞きした。たぶん本当だろう。

走りながら、ぼくは、というかぼくたちは、これから先どうやって歩いて行けばいいのだろうと考えていた。これからは自分で、自分たちで考えていかなければならない。すれ違う人たちの背中に付いている貼り紙を、どうすればなくすことができるだろうか。保育園の前にレイチェルさんがいた。よく見ると違う人だった。スーちゃんのお母さんだろうか？　顔を白く塗っていた。その人の背中には貼り紙を付けずに、ぼくは走りつづけた。

丘の坂道を、息を切らせながら駆け上る。苦しかったけれど立ち止まらなかった。

一台の黒いワゴン車が坂を下りて来た。駆け寄ろうとしたら加速した。窓が黒く目隠しされて中は見えなかった。ぼくは「レイチェルさん！」と叫んだ。ワゴン車はあっという間に走り去った。

そのまま駆けつづけると、屋敷の門の前にパトカーが停まっていた。

小径を走り、屋敷へ向かった。

庭には警察官がいて、ぼくを見ると駆け寄って来た。走って逃げたけれど、すぐに追いつかれた。

名前と住所を訊かれて、教えると、その場で待っているように言われた。

無線でぼくの身元の照会が済むと、警察官は「あのおばさん、どこに行ったか知らないかな？」と訊いた。ぼくは首を横に振った。

よかった。レイチェルさんは捕まっていない。さっきのワゴン車はきっと空っぽだ。

「なんでうれしそうな顔をしてるんだ？」警察官は不思議そうだった。

「女の子は？　花井っていう」

「ああ、心配いらない。もう見つかったよ。施設《しせつ》に入って病気を治せば大丈夫だろう。お偉いさんの子供というのも可哀想《かわいそう》なところがあるよね」

ぼくは心の中で警察官の背中に貼り紙を付けた。

「今何かしたかい？」警察官は言った。まさか、何かを感じたのだろうか。

「いえ、何も」

警察官はぼくの顔をじっと見た後、「もう行きなさい。学校だろう」と言って解放した。門までついて来て、ぼくが坂を下りるのを途中まで見ていた。

同じ朝、右田は訪ねて来た警察官に向かって、前に用具小屋から持ち出したスターターピストルを鳴らしたらしい。それで怒った警察官にだいぶ絞《しぼ》られたようだ。

高松はやって来た警察官にではなく、お父さんに酷く殴られたという。「また警察沙汰《ざた》か」

と怒られたらしい。殴ったあとお父さんは丸一日ずっと神様に詫び、祈りつづけていたという。

＊

レイチェルさんは、花井の一件の後、すっかり町から姿を消した。それから数日間、町には激しい雨が降りつづいた。

学校は何もなかったかのようにいつもどおりで、つちのまつりの練習が大詰めだった。

ぼくは、レイチェルさんのことや花井のことを考えながら毎日を過ごした。自分がレイチェルさんを追い出したことは、ふたりには言っていなかった。

右田が「幽霊屋敷の解体が決まったらしい」という情報を聞きつけて来た。

高松は「どうせ呪いで中断するよ」と言った。ぼくもそうだと思った。

「有名なお坊さんを呼んで来て供養するらしい」右田が教えた。

「なくしてどうするんだ」

「また新しく土置き場にするみたい」

「あそこは守られた場所なのに」ぼくはレイチェルさんの言葉を思い出して言った。

三人とも、しばらく黙ってしまった。

「あのスープうまかったよな」高松が言うと、口の中に森の自然が詰まったあの味が思い出されて、本当に飲んだみたいに身体に力が湧いてきた。

「また飲みたいね」ぼくが言うとふたりは頷いた。

種は自らが発芽するための栄養を内に抱えている。ぼくたちにとってレイチェルさんのスープとはそういうものだったのかもしれない。

*

ぼくは、青いズボンを穿いてひとりで町を歩いていた。何度か洗ったズボンは少し身体に馴染んできたようだった。大きめのポケットは手を突っ込むのに丁度いい。

料理をしてみようと思い立って、スーパーマーケットへ向かっていた。レトルト食品はやめにして、きちんとした食事にしようと考えたのだ。

高松はまたシェルターを作る場所を探し始めていた。右田はついに自転車に乗る練習を始めた。ぼくは、自分も何か変わらなければいけないような気がしていた。

ぼくたちはどんどん変わっていく。ぼくたちは、いずれこの町を出て行くだろう。この町にいても、いなくても、きっと遠くへ行くだろう。そして、みんなとは違う花をきっと咲かせる。そこには別の世界が広がり、別の道が拓《ひら》かれている。そこには、春には沢山の蝶が舞う。そこには、きっとレイチェルさんもやって来るだろう。

野菜や魚をなんとか料理できるようにしよう。歩きながらそう決意すると足も速まった。土を積んだダンプカーが連なって走って来た。相変わらず荷台の後ろを確認してしまう。結局、あれから貼り紙を見つけることは一度もなかった。きっとすぐに剝がされてしまったのだ。

ダンプカーに気を取られていると、白塗りの顔をした女の人とすれ違った。思わず振り返った。レイチェルさんではなかった。以前、保育園の前にいた女の人とも違った。歩き方がお母さんに似ているような気もした。

追いかけようとしたけれど、女の人は足早にどんどん行ってしまった。

＊

この春も庭の木が白い大きな花を咲かせた。蕾《つぼみ》は成人男性の拳ほど。花は手の平くらい。五枚ある花びらのうち一枚だけが長く飛び出して垂れ下がっている。美しくも見えるし、馬鹿げているようにも見える。奇妙な花だが見ていて飽きない。

暖かくて柔らかい風が枝葉を揺らすと、花の匂いが強くなった。野性的でなんともいえない甘い香りが漂う。花はこれまで一度も実を着けたことはない。今年はどうだろうか。

木の名前はわからない。調べてみたけれどわからなかった。南米あたりに似たものはあるのだが、葉の形や花の咲き方などが違うのだ。常緑樹。おそらく中木種だろう。太い幹から沢山の枝を横に広げていくのが特徴で、この木一本で我が家の小さな庭の半分以上を占めている。枝を切らなければどこまでも広がりそうだ。

一度、植物図鑑を制作しているという人が見に来たことがあったが、その人にも詳しいことはわからなかった。「太古の植物かもしれませんね。一度、学者に調べてもらってはいかがでしょう」と言っていた。数千年、数万年と、土や氷の中に眠り、生命を維持《いじ》し、時空を超えて現代の世界に芽を出す植物もあるのだという。植物からすると時間などという概念《がいねん》自体が無意味なのかもしれない。

幼い娘が家から出て来た。「パパ、いっしょにテレビみよう」

娘の目当ての番組までは、まだ時間がある。

「うん。でも、まだ始まらないよ」そう教えると、娘は庭の土で遊び出した。泥を捏《こ》ねて団子状に丸めるのがお気に入りだ。一度始めると夢中になってつづける。ひとつ小さいのができたところで、「パパも」と言い出した。

わたしたちは並んで泥を捏ねる。泥の感触《かんしょく》は冷たく、ざらざらしている。

「できたよ」娘が先に作った団子の隣にひとつ置いてやると、うれしそうな顔をした。

風が枝葉を揺らす。花の香りが余計に強くなったように感じる。

白髪まじりの女性が通りすがりに花を眺めていた。わたしに気づくとゆっくりとお辞儀をした。こちらも返した。不思議となんだか懐かしい気持ちになった。

「パパ、そろそろじかん?」

「ああ。ちゃんと手を洗ってからだよ」

娘は庭の水道で泥を落として家に入った。「ママ、ママ」という声が聞こえる。

陽の光が強くなり、花の香りはまた一段と強くなったようだ。花はますます美しく奇妙なものに見えてくる。

蝶が舞い込んで来て、花の上に止まった。

「パパ、はじまるよ」と娘の声が聞こえた。「今行くよ」と応じて家の中に入った。

娘はソファに座り、テレビに向かっていた。隣に座るとうれしそうにした。

窓の外から「いい匂いねえ」という妻の声が聞こえてきた。洗濯を終えていつの間にか庭へ出たようだ。独り言なのか、わたしに言っているのかわからなかった。

すると、「ねえ。わたし、この花が好きよ。なんだか毎年、好きになっていくみたい」と、また言った。

「ありがとう」窓越しにそう応えた。

妻がそう言ってくれるのは、うれしかった。初めのうちは変な木だ、変な花だと、嫌がっていた頃もあったのだ。

あの町には、もう誰も住んでいない。あの時の種が、今ではわたしの家の庭で枝を広げ、花を咲かせている。そして、その花を、妻が好きだと言ってくれている。世界はつづいている。

部屋に入って来た妻は、手に白い大きな花のついた小枝を持っていた。

「青い花瓶、どこだっけ？　えーと、花瓶、花瓶」言いながら出て行った。甘い不思議な匂いが部屋中に広がった。

しばらくすると、妻は鼻歌とともに、花瓶に白い花を挿《さ》して戻って来た。

その顔を見て、わたしは、ゆっくりとソファから立ち上がった。

本書は書き下ろし作品です。


本馬英治
（ほんま・えいじ）

1967年、横浜生まれ。03年「友釣り」、04年「モーター・ハイ」、06年「チョコレートバー」の3つの短編小説が、神奈川新聞に掲載されている。08年、初の単行本『岬バーガー』（リトルモア刊、のちに小学館文庫）を、書き下ろしで上梓。静岡県夏休み推せん図書（中学生向き）にも選ばれた（平成22年度静岡県教育研究会学校図書館研究部選定）。

レイチェル母さん

本馬英治

発行日｜2016年3月30日初版第1刷発行

ブックデザイン｜大島依提亜
編集｜加藤基

発行者｜孫家邦
発行所｜株式会社リトルモア
〒151-0051 渋谷区千駄ヶ谷3-56-6
Tel.03-3401-1042 Fax.03-3401-1052

印刷・製本所｜中央精版印刷株式会社


ISBN978-4-89815-434-2 C0093

http://www.littlemore.co.jp